给孩子讲好故事

爆款儿童内容创作技巧

刘仕杰 / 著

华中科技大学出版社
http://press.hust.edu.cn
中国·武汉

图书在版编目(CIP)数据

给孩子讲好故事：爆款儿童内容创作技巧 / 刘仕杰著 . —武汉：华中科技大学出版社，2024.2
ISBN 978-7-5772-0353-9

Ⅰ.①给… Ⅱ.①刘… Ⅲ.①儿童文学－文学创作研究－中国 Ⅳ.①I207.8

中国国家版本馆 CIP 数据核字(2024)第 014968 号

给孩子讲好故事：爆款儿童内容创作技巧　　　　　　　　　　　　　　　　刘仕杰　著
Gei Haizi Jianghao Gushi：Baokuan Ertong Neirong Chuangzuo Jiqiao

策划编辑：饶　静
责任编辑：程　琼
封面设计：琥珀视觉
责任校对：张会军
责任监印：朱　玢

出版发行：华中科技大学出版社（中国•武汉）　　电话：(027)81321913
　　　　　武汉市东湖新技术开发区华工科技园　　　邮编：430223

录　　排：孙雅丽
印　　刷：湖北新华印务有限公司
开　　本：880mm×1230mm　1/32
印　　张：7.5
字　　数：169千字
版　　次：2024年2月第1版第1次印刷
定　　价：58.00元

本书若有印装质量问题，请向出版社营销中心调换
全国免费服务热线：400-6679-118　　竭诚为您服务
版权所有　　侵权必究

前　言

　　儿童文学的起源，最早可以追溯到古希腊时期的神话传说。《希腊神话》的出现和风靡，引起了创作者们对儿童文学领域的关注。到了中世纪，儿童文学正式进入发展期，《安徒生童话》《格林童话》等童话作品陆续走进人们的视线。从17世纪开始，儿童文学持续迈入新的发展阶段，随着时代背景、社会现状、文学形态以及人们需求的改变，在表现形式、主题内容、创作手法等方面都发生了明显变化。

　　例如，中世纪时期的儿童文学作品以图书的形式面向外界，表现形式十分单一。在主题内容方面，受当时的社会环境和文学创作领域的"思潮"影响，创作者们十分关注人文精神，并将其大量注入文学作品当中。到了17世纪，儿童文学作品在表现形式上变化甚微，但在主题内容方面新融入了大量宗教、道德内容，《伊索寓言》就是代表作品之一。值得注意的是，这一时期的创作者们，习惯且擅长在作品中建构"追寻"主题，即安排主人公不断冒险、发现和探索，然后在历险、追寻和挑战自我的过程中不断成长、蜕变，加深自我认知，体悟友情、亲情等，最终收获人生的智慧和感悟，英国作家刘易斯·卡罗尔创作的《爱丽丝漫游奇境记》就是最具代表性的作品之一。

19世纪时期，法国巴黎发生的一件事，为儿童文学的发展又"添了一把火"。1892年10月28日，一个叫埃米尔·雷诺的男人，用自己发明的光学影戏机，在巴黎著名的葛莱凡蜡像馆里放映了光学影戏。光学影戏是动画放映系统最早的雏形，埃米尔·雷诺的这一举动正式拉开了动画片发展的帷幕，他也因此被誉为"动画鼻祖""动画之父"。

动画片的诞生，为儿童文学的表现形式带来了新的方向。随着动画片在英国、美国掀起浪潮，动画片开始逐渐走向世界。1926年，我国摄制了动画片《大闹画室》，翻开了中国动画史的第一页，也意味着儿童文学发展迎来了更多机遇。从20世纪20年代开始，儿童文学作品不断从书本走向屏幕，从阅读走向视听，表现形式越来越丰富。

21世纪，儿童文学与新媒体时代"撞了个满怀"。新媒体时代，各类创作平台百花齐放，图文平台、有声平台、视频平台以及一些综合性平台等，为儿童内容提供了大量"舞台"。而创作者们要想让自己的作品在这些舞台上"发光发亮"，得到受众群体的认可和支持，完成用户积累，做出属于自己的爆款IP，做好内容是关键。

新媒体时代内容为王，儿童内容也不例外。因此，创作者们在创作内容时，习惯于将目光对焦爆款作品，试图从中总结出成为爆款的技巧。毕竟，在新媒体时代，人人都可以是创作者，儿童内容也层出不穷，这反而提高了受众的眼光和选择标准，也就意味着能够"杀出重围"成为爆款的作品，在主题选择、创作手法等方面一定有值得借鉴之处。然而，大多数创作者在进行"借鉴"后，依然离"爆款"甚远。

因此，不少创作者笑称儿童内容的走红、成为爆款作品是"玄学事件"，没有技巧能够借鉴。但事实并非如此，大量创作者之所以会出现"借鉴无效"的情况，主要在于创作技巧侧重于原理，而非规则和流程。只借鉴其形是没有用的，必须搞清楚爆款儿童内容的底层逻辑，才能真正做到学为己用。例如，某个爆款作品中的场景或对白十分吸引人的眼球，并不代表将其中的场景或对白用于自己的作品，也能起到相同的效果。但如果创作者知道这个爆款作品的打造，运用的是"趣味化创作"方式，其创作原理是"快乐+成长+穿越"，创作者就能基于对其底层逻辑的掌握，举一反三，运用自如。在本书中，笔者将会从专业角度出发，结合多年儿童内容创作经验，深度剖析多个爆款儿童内容IP，揭开爆款儿童内容的"神秘面纱"，为儿童内容创作者，尤其是新人创作者打开思维新局面，在新媒体时代打造出属于自己的爆款。

此外，儿童内容创作，不论选择什么样的内容形式，关键还得讲好故事。故事好，才能吸引家长和孩子们，完成用户积累，并且能够进一步让家长愿意主动为围绕内容开发或衍生的产品买单，最终顺利完成变现。在任何时期，变现都是不可忽视的一点，变现既是内容创作的现实目标，也是创作者持续深耕的基础。对于创作者们来说，不论是源于对理想的热爱，还是出于对商业利益的追求，都要依赖于内容的变现。因此，如何变现一直都是创作者们不得不考虑的另一关键点。基于上述原因，本书还会重点探讨"讲好故事"的背后，都有哪些决定作品流量的创作技巧和要点，以及如何快速、持续地完成变现。

总而言之，新媒体时代，儿童内容的舞台是巨大的，机遇和发展空间是无限的，但对于创作者来说，除了看到机遇，也要看到挑战和竞争。笔者认为，要想在这个时代做出爆款内容，打造出属于自己的爆款IP，从激烈的市场竞争中脱颖而出，法宝有三：一是以热情开道，任何优质、持久的创作都离不开热爱和激情；二是靠能力和努力前进，任何成功者都需要在具备一定能力的同时，还具备努力和坚持的决心；三是要掌握爆款儿童内容背后的底层逻辑，然后用技巧进行"加速"，不断完成对他人的超越、对自身的突破，这也是最为关键的一点。据笔者了解，很多创作者已经手握前两项"法宝"，但尚未掌握爆款背后的底层逻辑，笔者深耕儿童内容领域数十年，深知掌握"提速"技巧的重要性，这也正是笔者创作本书的原因。

最后，笔者真诚希望这本《给孩子讲好故事：爆款儿童内容创作技巧》，能够从主题选择、内容形式、创作技巧、变现渠道等多个方面，为各位创作者提供"加速"动力，帮助大家成功打造爆款内容。

目 录

第1章　了解背景：当儿童文学"遇见"新媒体时代　　1
　1.1　儿童内容创作的"前世今生"　　3
　1.2　当代儿童内容创作的多维优势　　9
　1.3　新媒体助力儿童内容消费　　22
　1.4　儿童内容创作的当前困境　　25
　1.5　新媒体时代儿童内容创作新形态　　30

第2章　精准选题："抓"住家长和孩子的眼与心　　37
　2.1　主题与时代背景"不分家"　　39
　2.2　从受众群体的多方面特点分析主题方向　　46
　2.3　"旧题"与"新题"的碰撞　　61
　2.4　新媒体时代下的主题模式　　65

第3章　内容分析：做对内容才能做出成绩　　85
　3.1　儿童内容多平台"绽放"　　87
　3.2　大流量儿童有声节目内容分析　　108
　3.3　儿童有声内容火爆题材　　117
　3.4　大流量儿童视频内容分析　　128
　3.5　儿童视频内容火爆题材　　132

| 第4章 | 创作技巧：爆款背后的"秘密武器" | 137 |

4.1 趣味化创作　　139
4.2 趣味化创作方法论　　149
4.3 趣味化创作原则：快乐+成长+穿越=极致的儿童内容　　157
4.4 智能化创作：AI与元宇宙　　162

| 第5章 | 内容变现：让用户和市场笑着买单 | 177 |

5.1 建立并完善儿童内容品牌IP　　179
5.2 从创作到策划，实现IP化布局　　183
5.3 变现模式："新媒体+"多元化发展方向　　186
5.4 儿童IP运营：品牌运营+社群传播+IP产业链　　196

| 第6章 | 责任担当：做有底线的内容生产者 | 201 |

6.1 儿童内容创作的禁忌　　203
6.2 顺应少儿内容创作与传播的新趋势　　206
6.3 对创作者未来发展的要求　　214
6.4 新时代创作者的突破点　　223

后记　拥抱AI时代，培养优质少年　　227

第1章

了解背景：当儿童文学"遇见"新媒体时代

近年来，尝试儿童内容创作的个人和团队不在少数，然而与创作者、儿童内容的数量相比，爆款IP的数量并不乐观，儿童内容也因此被称为"一块难啃的香饽饽"。面对新媒体时代提供的多形式舞台、多元化内容创作模式、多渠道变现机会等，儿童内容创作领域的潜在价值不可估量，已然成为一个重要命题，于家庭、学校乃至于整个社会都有着非凡意义。当儿童文学"遇见"新媒体时代，究竟能擦出什么样的火花？又该如何与之共舞？答案，在今天，也在历史中。

(一) 章节介绍

老话说：过去是一面镜子，它映照着现实，也预示着未来的发展方向。因此，在研究当代儿童内容的创作方向和要点之前，不妨先把搞好儿童内容创作的第一步聚焦于儿童文学的发展史。每一个时期的儿童文学都体现着所属时代的特点和风格，也只有符合当前时代特性的内容才能够得到社会和受众的认可。搞清楚儿童文学的起源，以及儿童文学是如何发展的，从发展背景中汲取灵感，打开思路，总结规律，或许正是在新媒体时代下做好儿童内容创作的一条重要出路。

1.1 儿童内容创作的"前世今生"

儿童内容，本质上就是儿童文学。不同时代下的儿童文学作品，对应着不同时代下儿童内容创作的特点，也见证了儿童内容创作一百多年来诸多方面的变化，包括创作背景、主题选择、内容形式、变现渠道等。因此，要了解如何打造优质的儿童内容，创作者们应该先静下心来，走进儿童文学的发展历程，在历史的长卷中，看到儿童文学的没落与辉煌、成长与突破，从中总结出有效的、可行的经验和规律。在谈及儿童文学的发展历程时，我们不得不先聊一聊儿童内容创作究竟因何出现，为何存在。

关于这一问题，曾任儿童文学协会主席的佩里·诺德曼和加拿大童年文化研究会主席梅维丝·雷默，在1992年合作编写《儿童文学之乐趣》时，曾给出过这样的解释："所谓的儿童文学之所以存在，就是因为人们相信儿童与成人是不一样的——不一样到需要自己独特的文本。"随着时代的发展、人类思想的进步，人们的"儿童观"越来越清晰，对儿童群体也更加理解和重视，尤其到了现代社会，人们愈发坚信儿童是时代的未来，认可儿童所接触的内容对于他们的身心成长有着深远的影响，也因此意识到优质的儿童内容对儿童教育的重要性，这正是儿童文学在现当代的重要背景之一。

1.1.1 儿童文学的第一颗"神奇种子"

早期的儿童文学,以现在的目光和标准来看,属于"非正式儿童文学"。非正式儿童文学,即以民间流传的神话、童话故事和歌谣为主,虽然并不是针对儿童群体出现的,但相对成年人来说,内容更受儿童喜爱,也很容易被儿童理解和接受,成为默认的儿童内容资源。

站在西方儿童文学发展历史的角度来看,"非正式儿童文学"在古希腊时期存在了相当长一段时间后,俄罗斯作家尼·库恩编撰了《希腊神话》,这本《希腊神话》吹响了儿童文学由"非正式文学"迈入"正式文学"的前奏。之后,经过翻译、精简和修整,便有了如今的《希腊神话》。《希腊神话》以更为精练的内容以及更加浅白易懂的文字表达方式面向西方社会,在文学领域引起不小的轰动。

自此,早先的口头文学经由印刷传播成为正式的文学读物,书中的诸多人物,例如众神之王宙斯、冥王哈迪斯、海神波塞冬、智慧女神雅典娜等,都给儿童群体带来了巨大的乐趣,其中有关宗教、哲学、风俗习惯、文学艺术等内容,也对儿童世界观的建立产生了深远的影响,成为囊括宗教、哲学、风俗、艺术等在内的多方面启蒙教育书,这本被誉为"西方文明之根,希腊、罗马艺术之基础"的经典文学作品,自此成为西方儿童文学成长史上的第一颗"神奇种子"。

那么中国儿童文学成长史上的第一颗"神奇种子"又是什么时候种下的呢?很多朋友认为,在中国,"儿童文学"这一概念最早出现在民初时期。1913年，周作人发表了《童话研究》，并提出"儿童之文学"这一概念。其实不然，早在清末时期，由日本传入中国，并于1908年由商务印书馆出版的《童话》丛书就属儿童文学之列，只不过到民初时期才经周作人之笔，通过文字内容正式提出"儿童文学"这一概念，并于1920年通过《儿童的文学》一文正式确立"儿童文学"理念。因此，我们一般认为，清末民初时期是我国儿童文学理念的形成时期。此后，随着全社会对"儿童群体"的关注和重视日益提高，儿童文学的地位，也因担任着塑造未来民族性格的重任而不断提高。

1.1.2 儿童文学的成长与蜕变

任何一个领域的成长与发展都不会仅仅体现在某一方面，儿童文学领域也是如此，其变化是多维度的。在传播形式上，自从《希腊神话》打开了儿童文学的新大门后，许多创作者受到启发，投入到儿童文学创作当中。自中世纪到17世纪，儿童文学领域陆续出现《格林童话》《安徒生童话》《伊索寓言》等经典文学作品，但由于当时的科学技术等现实原因限制，仍旧保留了最初的传播形式——印刷。

在主题选择方面，中世纪时期的作品较为关注人文精神；17世纪的作品则大量融入了宗教、道德内容，如《伊索寓言》，并且常见"追寻"主题，如《爱丽丝漫游奇境记》等。到了19世纪，"动画鼻祖"埃米尔·雷诺用自己发明的光学影戏机，在巴黎著名的葛莱凡蜡像馆里放映了光学影戏，正式拉开了动画片发展的帷幕。动画片的诞生，为儿童文学的表现形式和传播形式带来了新的方向。此后，随着动画片先后在英国、美国掀起一阵阵浪潮，我国意识到动画片发展的重要性，开始大力支持动画片行业的尝试和发展。1926年，我国正式加入"动画片大军"，动画片《大闹画室》就是一次成功的尝试，它翻开了中国动画史的第一页，意味着我国儿童文学发展进入了新的阶段，同时也意味着我国儿童文学发展将迎来新的机遇，可以说这是我国儿童文学发展的重要转折。笔者在前言中已探讨过这方面的内容，此处就不再赘述了。但可以看到，儿童文学的发展与时代背景是息息相关的。

此后，迎着发展的大好势头，儿童文学进入了"开挂"模式，越来越多的创作者加入了儿童文学领域，创作了许多优秀的儿童文学作品。与此同时，儿童文学的内容表现形式、传播形式等也在不断地发生变化，尤其在20世纪20年代以后，儿童文学作品开始在书本和屏幕、阅读和视听之间轻松切换和衔接，呈现出一片"繁荣景象"。

到了20世纪30至40年代，中国处于第二次国内革命战争和抗日战争时期，在当时的革命和政治局势下，儿童文学的主题和核心也与时代相呼应，多以"战争""革命""抗日""阶级""独立"等为主题。这一时期也出现了很多优秀的儿童文学代表作。小说类作品如茅盾的《大鼻子的故事》《少年印刷工》、管桦的《雨来没有死》、杨大群的《小矿工》、胡奇的《小马枪》、郭墟的《杨司令的少先队》、徐光耀的《小兵张嘎》等，童话类作品主要有严文井的《四季的风》、黄庆云的《奇异的红星》、张天翼的《秃秃大王》、金近的《红鬼脸壳》、洪汛涛的《神笔马良》等。

这些儿童文学作品影响了一代代中国儿童。

此后,中国儿童文学"一路高歌","唱"到了改革开放新时期。当时中国正处于全社会意识觉醒的关键时期,对儿童及儿童文学的重视空前高涨,各种儿童文学理论为儿童文学的发展奠定了坚实的基础。大量优秀作品涌现,如《中国少女》《我可不怕十三岁》《蓝军越过防线》《遥遥黄河源》等,至今仍旧是儿童文学领域的经典。这一时期的儿童文学作品,已然呈现出新时代特色,即出现了大量新主题、新形象、新故事、新内核等。这一时期儿童文学诸多的"新"特征,也为如今的儿童内容创作发展打下了基础,给当代创作者提供了灵感和思路。

1.1.3 儿童内容与新媒体时代共舞

究竟什么是"新媒体时代"?很多朋友经常谈起,却说不清它的具体含义。实际上,早在2010年,学界就曾对"新媒体"一词作出过明确的解释。当时认为:从狭义上来定义,新媒体就是区别于传统媒体的新型传媒,包括基于电脑为终端的传统互联网和基于手机为终端的移动互联网;而从广义来定义,则认为新媒体指的是依托于互联网、移动通信、数字技术等新电子技术而兴起的各种媒介形式,如电子书、数字报等。现如今,人们对于"新媒体"一词又有了新的理解。

当下,不论对于资本产业来说,还是对于普通用户而言,"新媒体"一词更多指代微信、微博、抖音、快手、西瓜视频、今日头条等依托互联网而生,并且极具交互性的互联网产物。而"新媒体时代"指的是被这些产物影响着信息输出方式、信息获取方式、人际交往方式的时代。在这样一个时代，对于儿童内容创作者而言，意味着不论是从平台来看，还是从创作形式来看，都有了更多的选择和可能。

事实上，自1994年中国获准加入互联网并实现全部联网后，新媒体生态已逐渐形成。从20世纪90年代开始，儿童文学紧紧跟随着新媒体的步伐飞速发展。21世纪的今天，儿童内容遍布各类平台，以各种形式面向大众，从电影、电视剧，到公众号、听书APP，再到如今被称为"流量收割王"的各类短视频平台、微信视频号等，儿童文学已然拥有了庞大的"施展空间"。然而，全民性新媒体时代除了给儿童内容创作者提供了更多的平台选择和发展机遇之外，"人人都是创作者"的时代也存在着不可忽视的竞争力，因此，如何提高作品的吸引力，使其在当前的创作环境下脱颖而出，无疑是重中之重。这一点笔者在后面的内容中会详细论述。

另外，新媒体时代下的儿童文学，变现渠道明显增加，变现流程更加简易化，且流量带来的经济效益不可估量。但与此同时，如今的年轻父母受教育程度普遍不低，对儿童教育的关注和需求也有明显变化，尤其是90后、95后成为父母后，对孩子的教育愈加重视；相应的，当代父母对于孩子读、听、看的内容也会有更加严格的筛选标准。因此，在新媒体时代下，儿童内容创作者要想乘时代的风，扬起事业的帆，就要先学会顺应时代的"势"，抓住受众群体的心理，同时妥善解决和应对新媒体时代下儿童内容创作的困境和难题，从而打造出让家长满意、让孩子喜欢、让社会认可的具有价值的爆款作品及IP。

> **链接：**
> 了解儿童文学的起源和发展历程，并不能直接帮助我们找到打造爆款内容的捷径，但熟悉自己所创作的领域，知道它是什么，从何而来，经历了哪些变化，又有哪些核心是始终不变的，不仅能帮助我们总结一定的经验和规律，也是一个优秀的创作者或创作团队最基本的素养。《孙子兵法》中说"知己知彼，百战百胜"，投入儿童内容创作中也是如此。了解它的过去，认识它的现在，才能更好地把握当下的机遇和未来的方向，对于创作者而言，这是不容忽视的一个关键要点。

1.2 当代儿童内容创作的多维优势

多维优势，即从不同维度、不同方面体现出来的优势条件。新媒体时代，各类平台百花齐放、层出不穷，为内容创作、传播和变现提供了"舞台"和大量的机会，比如抖音、快手、西瓜视频等短视频平台，还有喜马拉雅、懒人听书等有声书平台等，此外还有很多新应用在陆续投入市场。另外，终端技术的不断提升和优化，也为创作者们提供了更好的技术引导和支持，使创作者的作品能够得到更完美的展现。例如，抖音针对短视频创作者推出的"剪映"，是一款专门用来剪辑视频的APP，界面引导清晰，功能齐全，更新优化速度快，在音乐、图片、声音等方面提供了大量的资源，并且有各种模板和功能，可以帮助创作者更好地展现作品内容，这些都属于当代儿童内容创作的"硬件优势"。除了"硬件优势"之外，当代儿童内容创作还有很多"软优势"，例如国家政策的支持和引导、社会关注度的提高、当代父母教育观念的进步，以及当代儿童对新型内容需求的提高等。

1.2.1 内容形式丰富

新媒体时代，儿童内容的表现和传播不再局限于传统的、以文本为主的书籍、杂志等形式，动画、电视、电影及近几年来趋势大好的有声故事、短视频、直播等，为儿童内容提供了新的内容载体和渠道支持。与此同时，丰富的内容形式也进一步激发了创作者的创作灵感和创作热情，催生了儿童内容"百花齐放"的景象。

1.有声故事

提及儿童有声故事、有声书以及有声平台，一些年轻朋友可能会认为这些都是21世纪的时代产物，实际并非如此。事实上，在20世纪60年代，美国就出现了以磁带为标志的有声读物，并且在市场上得到了热烈反响，规模也得以迅速壮大。而我国由于当时的互联网技术条件有限，有声读物市场开启的时间相对较晚。准确来说，我国直到1994年才正式打开有声读物的市场，并且一直到20世纪末期，我国有声读物始终呈现出"反响平平"的状态，没有激起太大的浪花。

直到进入21世纪，随着互联网技术进入高度发展阶段，我国有声读物市场终于迎来了属于自己的"成长期"，并且以"起步晚、发展快"的势头"一路高歌"。例如，2012年完成组建、2013年3月正式上线的喜马拉雅听书APP，到2014年5月初时，用户人数已经突破了5000万。无独有偶，2012年上线的懒人听书APP，也是乘着互联网的"顺风车"，在2018年就闯过了2亿年营收的大关。儿童作为备受社会重视的一个群体，其相应产品的内容也备受关注。几乎在所有的有声平台上，儿童内容都是作为一个具有单独区块标识的领域存在的。随着有声节目的迅速发展，儿童内容也正式迎来了自己的"黄金期"。

根据2020年全国国民阅读调查报告显示，我国0—17岁未成年人的听书率为32.5%，其中0—8周岁儿童的听书率达到了33.5%，9—13周岁少年儿童的听书率为31.1%。到2021年，我国0—17周岁未成年人的数字化阅读方式接触率达到了72.5%。具体来看，0—8周岁儿童的数字化阅读方式接触率为69.2%，9—13周岁少年儿童的数字化阅读方式接触率为76.4%，14—17周岁青少年的数字化阅读方式接触率为74.8%。此外，2021年我国0—17周岁未成年人的听书率为32.7%。具体来看，0—8周岁儿童的听书为33.7%，9—13周岁少年儿童的听书率为31.4%，14—17周岁青少年的听书率为32.6%。2022年，《2022年乡村小学阅读状况调查报告》显示，乡村小学生每天用手机、电脑、电子阅读器、Pad等设备进行听书的时间超过半小时。报告还显示，在乡村小学生听书的时间里，有64%的学生通过听书的方式"听故事"，39%的学生选择听"诗歌朗读"，此外，英语、图书介绍与图书推荐、图书节选或连载、公开课等都是较多听书学生的选择。

乡村儿童尚且如此，城市儿童由于接触信息化电子产品的机会更多，听书率毋庸置疑。这些数据让我们看到：数字化阅读、听书平台等新媒体时代下的产物，已成为儿童获取内容的主流趋势。而随着这些有声平台的"走红"和儿童听书率的持续上涨，越来越多的儿童内容节目在平台上铺设，比如喜马拉雅APP里的"米小圈上学记""晚安妈妈睡前故事""西游记少儿版"等节目，以及懒人听书APP里"儿童区块"的"宝宝巴士"节目，吸引了数千万的家长和孩子收听。

另外，在2014年完成品牌创建、2016年正式上线的"凯叔讲故事"APP，作为中国儿童内容领域的优质品牌之一，也十分具有讨论价值。与喜马拉雅、懒人听书、蜻蜓FM等大型综合性有声平台不同的是，"凯叔讲故事"是一个纯粹的儿童内容平台，专注于为0—12岁的儿童提供音频、图书及衍生产品。截至2022年，"凯叔讲故事"总用户已经超过6000万，总播放量超过145亿，用户平均日收听时长达到70分钟，被媒体和家长们评价为"中国孩子的故事大全"。在后面的章节中，我们会深入分析"凯叔讲故事"成为爆火IP的原因。

纵览我国有声读物市场的发展，可以看到：2012—2016年，有声读物市场规模进入高速发展阶段；2017年中国音频阅读市场规模超过40亿元，增长率39.7%，为各平台贡献了累计超过10亿元的收入，有声读物市场整体用户规模超过2.5亿元；2020年市场活跃用户规模达到5.7亿人次；由于疫情催生大增长，2021年中国有声行业市场活跃用户规模持续攀升，达到了8亿人次，此后一直保持稳步上升的态势。儿童内容领域更为明显，为配合防疫政策，2019—2022年底，"学校停课"已经成为常见现象，孩子们居家时间增加，又因疫情无法参与其他外出活动，触发了儿童有声内容的进一步发展。

尽管在2022年底，疫情政策已全面放开，但很多孩子已经习惯了通过有声平台听故事，不少家长也对有声平台更加依赖，甚至一些家长在陪孩子听有声故事的过程中，也收获了新的知识，感受到了久违的童趣，增加了和孩子之间的共同话题。同时，有声平台对孩子的陪伴和安抚价值，也让一些家长们能够更专注地工作或放松休息。据笔者调查了解，大量家长已经在潜意识里认可了"有声平台"作为家庭中陪伴和教育孩子的第三方存在。而除了陪伴价值之外，家长们选择有声平台，大多是因为平台的资源丰富，对孩子有启蒙教育价值。另一方面，随着手机终端技术的发展，有声平台早已实现了随时随地进行、定时定量播放等功能，其便捷性成为俘获家长和孩子的主要原因之一。因此，对于创作者而言，有声平台无疑是一个非常不错的选择。

2. 短视频

比起"新媒体时代"，如今很多人更喜欢把"短视频时代"挂在嘴边。实际上，短视频只是新媒体的某一个区块，但因为短视频如今非常火爆，已然成为新媒体的现象级代表，因此当代年轻人习惯于用它来指代"新媒体时代"。以抖音为例，自2016年9月份上线以来，用户量不断增长，截至2023年1月份，国内用户已超过8亿，其中日活跃用户超过1.5亿，月活跃用户突破3亿，全球用户超过15亿。

虽然抖音面向的是全年龄段用户，但实际上在早中期阶段，面向儿童的内容并不算多，很多家长认为包括抖音、快手、西瓜视频等在内的许多短视频平台，内容过于成人化，不适合孩子观看，所以会注意避免让孩子们接触。但在近两年，短视频平台的儿童内容也开始进入"吃香"模式。

一方面是因为包括抖音在内的诸多短视频平台不断进行策略改进，针对儿童的专项服务越来越完善。如抖音设置有"未成年人守护中心"功能，家长一键开启后，可以限制孩子使用抖音的时间，并且抖音会根据孩子的年龄进行"分龄定制"，推荐适龄主题内容，包括科学科普、兴趣素养、国学诗词、传统文化、安全教育等各类有利于身心健康的知识，也会推送一些形式新颖、题材丰富、内容正向的漫画娱乐内容，同时还会自动为儿童屏蔽一些负能量、成人化的内容。在开启"亲子守护"后，家长还可以每周定期收到孩子的使用时长、感兴趣的内容等，有利于家长了解孩子的兴趣、爱好，从而及时进行引导、培养和干预。笔者发现，抖音短视频平台针对儿童群体，开设了每周五更新的"一周精选新闻"版块，主打"5—8分钟带孩子速览近期热点事件"，帮助孩子更好地了解世界、积累热点素材、拓宽视野等。2022年3月份，抖音"青少年模式"还上线了语音搜索、自然科普、百科等功能，可以帮助青少年更主动、系统化地学习知识。实际上，如今其他大多数短视频平台都有针对儿童群体的不同设置，这些变化让家长们看到了短视频平台对儿童的关注和重视，也成为家长放心让孩子通过短视频平台观看、接收内容的重要原因。

另一方面，短视频以及其配套软件的发展，让儿童内容在展现上得到了更好的发挥，比起以往局限于书本上的"文字想象"，通过短视频图像的展示和演绎，可以让孩子更加直观地认识和了解一些未知的领域与事物，也可以对书本上一些较为复杂的知识和理念，有更加具象的理解，比如一些化学实验、物理现象等，相对于书本上的文字解释或图片展示，儿童通过观看音像结合的视频内容，学习体验感和收获性显然会更强。事实上，儿童短视频内容，就是儿童文学语言的图像化，它具有很多明显的优点。首先，图像化的文学语言强调文字与图像的同步对应，对于阅读能力尚浅的儿童群体来说，可以消除文学作品的纵深性，让阅读这件事变得更加轻松。其次，富含图像化语言的儿童内容作品，将来更容易被改编成影视剧作，拓宽了儿童接受文学作品的途径。如今的儿童文学语言具有很强的图像性，这种图像性并不是单指视觉化的图片，更是一种视觉化的语言表达方式。除此之外，由于短视频具有短小精悍的特点，每篇内容一般不超过3分钟，短的不到1分钟，对于儿童来说，观看时间比较合适，有利于防沉溺。

基于以上提及的原因以及笔者尚未提及的一些原因，如短视频变现效益等，短视频对于儿童内容创作者来说，显然是时代给予的福利。

3.直播

说到儿童内容直播，很多朋友会想到CCTV-14少儿频道。CCTV-14主要播放儿童内容，提供在线直播和电视节目表预告等服务。在一些家庭中，家长和孩子已经形成了观看在线直播内容的习惯，例如每天会定时打开电视或手机，观看一些感兴趣的儿童内容。那么，我们不禁要问，除了电视台节目外，个人或团队创作者是否可以通过直播方式来进行儿童内容传播呢？笔者认为，答案是肯定的。除了有声故事和短视频之外，直播目前已然成为新媒体的又一现象级代表，也是当代儿童内容创作者可以选择的内容形式之一。在直播过程中，创作者可以真人出镜，也可以仅展示图文和视频，并同步进行旁白解说。

创作者可以根据儿童的作息规律，借助抖音、微信、哔哩哔哩等自媒体平台，在适当时间进行直播，直播内容可以是给儿童讲故事或科普知识，也可以展现一些动手操作的内容，如做手工、实验等。直播主题可以定为"每日一个小实验""每天一个小科普"等。在直播过程中，创作者可以与儿童进行互动，比如在讲完一个小故事后，回答家长或儿童提出的一些问题，或者在做完一个小实验后，给家长和孩子布置任务，让孩子在家长的陪同和指导下，完成实验并拍摄内容发布在平台上，创作者在下次直播中，花一部分时间去检验和审核这些视频内容，并给予一定的指导、建议和鼓励，形成良性互动。需要注意的是，这种直播的方式对创作者的专业素养、综合知识、临场应变能力等都有较高的要求。另外，要与孩子形成情感联结，培养起家长和孩子的习惯，让他们在"约定感"的促使下坚持在固定时间进入直播间，是需要足够长的准备时间的。

总而言之，这种内容形式对于自身水平较高、知识储备丰厚，尤其是有过儿童教学经验且前期准备时间充分的创作者来说，是十分值得一试的。但据笔者了解，由于这样的儿童内容形式要求比较高，投入、准备时间很长，创作者需承受的压力也比较大，因此目前选择该内容形式的创作者并不多，以抖音平台为例，少数儿童故事直播也是反响平平。这意味着，这个领域对创作者来说有很大的潜力值，另外，一旦创作者打造出了属于自己的儿童内容直播IP，短期内是很难被其他创作者模仿和超越的。

1.2.2 社会关注提高

在了解儿童文学发展背景的过程中，我们认识到，任何事物或领域的出现及发展，都离不开全社会的推动。可以说，社会关注度的提高，是每个行业和领域发展的主要动力之一。而社会关注度一般由国家政策、领域价值、受众需求等几个方面的影响因素构成。就儿童内容领域来看，要了解它的生存现状，我们就要先了解背后的影响因素。

1. 国家政策支持

就儿童内容创作的必要性、可行性和趋势性来看，国家力量和政策引导的影响力不可小觑。近年来，国家在政策和战略上多次提到要大力推动新媒体发展，并且要充分利用新媒体时代的优势，打造新型传播平台。例如，2015年的《中共中央关于制定国民经济和社会发展第十三个五年规划的建议》，就提出要将新媒体发展纳入国家发展战略规划中；此外，2019年1月，习近平主席也在人民日报社就全媒体时代和媒体融合发展提出：要加快推动媒体融合发展、构建全媒体传播格局。其他有关新媒体发展方面的政策规定，笔者就不再一一列举了。总而言之，通过国家政策和举措、政府态度和立场等方面的表现，我们可以看出，国家政府对新媒体发展的重视程度在不断加强，相关举措也在不断完善和深化，足以说明新媒体在当今社会的影响力。

而随着新媒体的影响力不断深化，国家在政策上也表达了对新媒体环境下的儿童内容创作的鼓励和支持，提倡让儿童多接触正面导向的新媒体内容，以帮助儿童更好地融入新媒体时代，适应通过信息化媒介进行学习的方式，提升信息素养。笔者注意到，甘肃省新近发布了《关于举办2023年甘肃省学生信息素养提升时间活动的通知》，该活动是根据教育部教育技术与资源发展中心（中央电化教育馆）的《关于举办全国师生信息素养提升时间活动（第二十四届学生活动）通知》而组织举办的，活动以落实国家教育数字化战略行动的有关要求为根本，旨在提升全省师生数字素养，提高学生的创新应用能力，促进信息技术与跨学科的融合创新应用。由此可见，儿童群体融入信息化新媒体时代是必然结果。

在这样的前提条件下，儿童接触新媒体的机会大大增加，接触以网络传媒为平台的新媒体文学也将成为趋势。这意味着，包括儿童文学在内的文学领域必然会发生巨变。对于创作者来说，这将是充满机遇和挑战的时代，机遇在于新媒体为内容生产提供了肥沃的理想土壤，同时国家政策引导儿童通过新媒体来学习和掌握知识、技能，例如在2014年的文艺工作座谈会上，习近平主席就强调了"必须要把创作生产优秀作品作为文艺工作的中心环节"。但随之而来的还有国家在文化政策上的严格把关，习近平主席在文艺工作座谈会上提出了文化创作的要求——要生产更多能传播当代中国价值观念、体现中华文化精神、反映中国人审美追求，思想性、艺术性、观赏性有机统一的作品。

众所周知，我国一直非常重视儿童教育，对与儿童教育息息相关的儿童文学内容也十分关注，因此，儿童文学更需符合国家文化政策要求。除以上提到的价值观念、文化精神、思想性、艺术性、观赏性外，还需要具有知识性、通俗性、趣味性，能够有利于少年儿童的身心成长等，如此才能创作出真正适合儿童的"正确的内容"。关于如何创作"正确的内容"，笔者在后续章节中将会给创作者提供具体可行的建议。

另外，一个国家的文化艺术是一个国家最重要的形象名片之一。伴随着综合国力的提升，中国现已成为在国际社会拥有话语权的大国，必然会更加注重文化艺术领域的发展。近年来，因为互联网的传播优势，我国儿童文学在海内外势头正盛，大量的中国原创儿童文学被翻译成多种语言版本，在海外社会传播，成为我国文化品牌输出的又一典范。因此，对于创作者来说，眼下正是国家支持、时代给力的最佳时机，如能把握住机会，打造出火遍全世界的爆款也绝非黄粱美梦。

2.教育价值认可

社会关注度的提高，还来源于行业价值认可。对于儿童内容领域来说，最主要的价值认可在于其"教育价值"。简单来说，"教育价值认可"就是依托于当代数字媒介传播的儿童内容，在教育价值和意义方面得到了包括学校、家庭乃至于整个社会的认可。在国家文化政策引导下，许多儿童文学出版商利用新媒体技术实现了文学与有声故事、短视频的多元素结合，运用声光影像实现与儿童之间的全方位、多层次互动，对于提升儿童专注力、激发儿童兴趣、优化儿童学习体验、帮助儿童提高认知、培养良好的习惯，以及建立世界观、人生观、价值观等具有明显的积极作用。

例如广东新世纪出版社就曾推出将现代童诗与传统国画相结合的《中国绘·诗韵童年》和《中国绘·大师给孩子的诗与歌》两辑作品，以与广播电台、少年语言艺术团合作的模式，邀请多个年龄段的孩子参与朗诵或演唱童诗，并配以合适的背景音乐录制音频，使儿童可以身临其境地听，获得立体式的阅读体验。

例如，"凯叔讲故事"将《西游记》《水浒传》《红楼梦》等经典文学作品以儿童乐于接受的讲述方式呈现出来，吸引了很多儿童收听，同时也收获了大批家长粉丝。不少家长认为，通过这种方式让孩子学习经典作品，比让孩子直接读名著更有效果。曾有家长表示："以前担心孩子有声书听多了，会不再愿意阅读书籍，结果孩子听得感兴趣了以后，反而主动要求阅读《西游记》等名著。我觉得这一点非常好，不管是听书还是短视频，都是以更具有吸引力的方式在打开孩子们的兴趣阀门，而这个阀门一旦打开，孩子们与生俱来的好奇心会让他们主动去学习和探索相关的知识。"另外，疫情期间，很多孩子对于"病毒"不太了解，不理解家长为什么不让自己出去玩，后来"凯叔讲故事"推出了"新原创系列——对战新型冠状病毒"，还在《神奇图书馆》《口袋神探》《凯叔·荒野大冒险》《凯叔小知识》《凯叔·儿歌》等爆款节目中增加了有关于新冠病毒、疫情防护等内容，通过形象、有趣的讲述方式，帮助孩子们进一步认识和了解病毒，并学习和掌握一些基本的疫情防护操作，这同样是"教育价值"的体现。

3.家长观念改变

随着时代的发展,整个社会的思想观念都在不断发生改变,尤其是教育方面。当代父母的儿童教育观与过去完全不同,既不再秉持最早期的"读书无用"理论,也不盲目刻板地认为"除读书外的一切活动都是浪费时间",而是认为孩子既要学习知识,也要收获乐趣,"寓教于乐""学得高兴"是当代年轻父母们比较提倡的一种教育方式。

这一切的改变,本质上在于父母对孩子的尊重,现如今很多年轻父母本身受过高等教育,对于"儿童世界的独特性"有着更为深刻的理解,他们不仅重视孩子的学习成绩,还关注孩子的身心发展,认为孩子在轻松愉快的学习环境中更容易培养兴趣,保持对学习的热爱和对世界的探索欲望。而少部分受教育程度不高的父母,因为接触互联网较早,对新兴的线上儿童内容项目也并不拒绝。尤其是90后一代成为父母以后,由于自身受教育程度普遍提高,对新鲜事物的接受能力更强,因此对于以新媒体为传播媒介的各类声音、影像类儿童内容并不排斥,很多年轻父母都会主动去搜索相关内容给自己的孩子看、听。

另外,还有一部分年轻父母,因为自身的学习和工作经历,对互联网本身有一定的信赖性,他们清楚新媒体条件带来的优势,比如有声故事和短视频能随时随地让孩子安静下来,在收获乐趣、接受知识的同时,父母也能更加轻松。有些年轻父母甚至在这个过程中,自己也喜欢上一些能够唤起童心童趣的、具有一定价值和意义的优质儿童内容。总的来说,当代父母的教育观念已经发生根本性改变，他们不仅十分尊重和理解孩子的童年世界，也懂得如何利用新媒体环境让孩子的童年世界更加丰富多彩，因此，他们愿意主动为孩子找到更有乐趣的学习方式。同时，当代父母也更加包容、理解和接纳新媒体环境下各种形式的儿童内容创作方式，并且愿意为优质的内容买单，而这对于当代儿童内容创作者来说，无疑又是一颗"定心丸"。

> **链接：**
>
> 　　随着数字经济的发展，各行各业都有了新的变化和突破，儿童领域正是其中之一。过去，人们更多关注的是儿童宏观层面的产品与服务，对儿童数字内容的关注度较低，而如今随着新媒体时代的正式到来，儿童数字内容行业在最近几年内，逐渐显现出了巨大的潜在价值。儿童内容爆发式的增长和多元化发展，已然带动了整体用户付费习惯的养成，而面对前景辽阔的儿童内容领域，创作者们应当抓住机会，生产优质内容，在儿童内容领域打造出属于自己的爆款作品。

1.3　新媒体助力儿童内容消费

　　讨论儿童内容创作，就避免不了讨论儿童内容消费。创作者花费了大量时间和精力，有时候还需要投入一定资金，才能完成作品的创作和传播。不论初心是因为爱好和理想，还是为了赚钱,最终通过用户的消费完成内容变现,是所有创作者必须考虑的一点。一方面,用户消费越多,意味着创作者的内容得到了用户和市场的认可,有生存和发展的空间,简单来说,有用户,有消费,内容创作才有继续进行下去的经济保障;另一方面,对于创作者来说,得到用户和市场的认可会让自身得到精神上的满足和欣慰,也能鼓励创作者继续创作更多的作品。因此,不论从哪方面来说,用户消费对内容创作者来说都是非常重要的。而从当下来看,新媒体助力儿童内容消费已成为不争的事实。

首先,消费渠道增加。不论是有声故事、短视频,还是直播,如今都为创作者提供了各种收费渠道。例如在有声平台中可以开设付费节目,在短视频平台上可以在作品内容中插入广告,植入链接,让感兴趣的用户自主下单。以抖音短视频为例,不仅可以在作品中插入广告,植入链接,还可以在账号主页"开橱窗",粉丝可以随时进入橱窗购买自己感兴趣的商品,而当有人下单购买了初创商品,创作者就可以得到相应的佣金。此外,直播还可以进行卖货,也就是现在常说的"直播带货",特别是在创作者积累了一定的粉丝量以后,可以通过直播形式宣传商品,同时挂出商品链接,鼓励用户下单。

其次,支付方式便捷。随着互联网数字技术的飞速发展,如今各类内容创作平台在支付技术上都已经非常成熟,不仅支持绑定银行卡、支付宝、微信等,可以在购买商品时直接付款,还支持模拟币充值,如抖音APP的"抖币"、喜马拉雅APP的"喜点"、少年得到APP的"少年贝"等。充值的模拟币在针对付费内容进行下单消费时,或者购买推荐商品、服务或进行打赏的时候,都可以直接当成"钱"来使用,规则清楚,操作简单,方式便捷,这也是新媒体促进儿童内容消费的另一表现。

最后,衍生产品的产业链越来越完善,也成为新媒体助力儿童内容消费的又一体现。新媒体时代处处都是机遇,对于创作者来说,一旦内容得到市场认可,或者说成功打造出了一个儿童内容IP,就会有无数行业和商家主动来寻求合作,要围绕这个IP开发、延展各种产品和服务,最常见的是将IP开发衍生出各种周边产品。例如将作品中的人物形象制作成卡片、饰品、玩具等,或者将作品中的故事以图书出版的形式面向消费者,一些爆款作品还可以被拍成电影,甚至还可以把作品中的某一概念运用到某一产品上等等。这些都属于作品内容的衍生产品,而随着衍生产品和服务的增加,用户消费的渠道也会更多。如"凯叔讲故事"在积累了一定数量的听众后,便与出版社合作,将许多爆款节目内容出版成了图书,销量十分可观;此后还逐步推出了"凯叔优选商城",该线上商城专门为家长提供各类亲子产品和内容衍生产品。随着IP影响力的不断扩大,凯叔及其团队还围绕"凯叔讲故事"这一IP,在线下启动了"城市合伙人"计划和线下体验店"凯叔家",打造线上线下全方位、全布局的商业生态化儿童品牌……可见,有声平台、短视频、图书等各个领域商业产业链的完善,会大力助推内容衍生产品的开发和生产,加上新媒体时代的传播连带效应,对于创作者或创作团队来说,无疑是令人振奋的好消息。

> **链接：**
> 新媒体环境下，儿童内容发展前景广阔，对于创作者来说，只要能抓住机遇，充分利用新媒体带来的优势，在儿童内容领域打开属于自己的一片天地并非难事。但机遇所在之处，往往也少不了困境与难题。不论是对于个人或团队创作者来说，还是对于商业资本来讲，只有做好相应困难的准备和措施，才能真正抓住机遇，成功打造爆款IP。

1.4 儿童内容创作的当前困境

正如人们常说的，机遇与挑战并存。儿童内容创作也不例外。虽然新媒体时代为内容创作领域带来巨大的发展空间，但低门槛、人人都是创作者的行业现象，也为创作者们带来了不小的困扰。另外，受众群体的特殊性也是创作者们需要考虑的又一问题，例如，儿童内容的受众具有双重性，不仅要服务儿童，还要通过家长的审核。如何顺利过家长的"关"，并且抓住孩子的心，是创作者们亟须解决的问题。

1.4.1 开放性和包容性带来的竞争

随着时代的发展，整个社会的开放性、包容性越来越强，以信息技术为核心、互联网为媒介的新媒体环境同样如此。过去信息闭塞，平台稀少且门槛很高，普通人根本没有创作与表达的意识、机会和能力,这就导致在很长一段时间里,创作与表达是少数专业人士或社会精英的"特权",但在新媒体环境下,人人都可以是创作者、信息源。不论是公众号、有声APP,还是短视频、直播课,几乎都没有门槛设置,人人都可注册、使用,即使是对网络并不熟悉的中老年群体,也可借助网络上海量的教学视频,快速学会账号注册、功能使用,甚至还有一些视频会指导创作者一些基本的内容创作技巧、作品发布的最佳时间等。

伴随着越来越多的人加入内容创作阵营,儿童内容领域因其独特的魅力和意义,自然成为不少创作者眼里的"香饽饽",然而这些没有经过系统学习的"零经验选手",频繁发布一些质量不佳的儿童内容作品,很容易造成不良后果。一方面,大量低质内容让家长们对于线上儿童内容失去信心,甚至产生抵触情绪,比如一些作品中语言使用不当、画面不宜等,导致家长不愿意再去搜索相关内容,这也使得一些创作者用心打造的作品失去了被看见的机会。另一方面,网络时代,信息更新速度很快,"人人都是创作者"的时代,使一些相对优质的作品被淹没在庞大的信息数据中,对于创作者来说无疑是一件十分令人头痛的事情。因此,在后面的章节中,笔者将会重点介绍创作者应该如何从大量的低质内容中"拨开云雾",让自己的作品"见光"。

1.4.2 用户"双重性"和"低幼性"或成难题

在儿童内容创作领域有一句话:要做好儿童内容,首先要学会讲好故事。"讲好故事"为什么这么重要?这是因为,从儿童文学出现至今,"故事"一直是儿童内容的核心,在内容为王的时代，这一点更为明显。此外，用户低幼化，对于创作者来说也是较为棘手的问题之一。

1.家长孩子"都难搞"

罗伯特·麦基在《故事》一书中提出："故事艺术是世界上主导的文化力量。人类对故事的胃口是不可餍足的。"餍足，即满足。的确，人类对于"故事"永远充满好奇和兴趣。正如书中所说："我们讲述和倾听故事的时间可以和睡觉的时间相提并论——即使在睡着以后我们还会做梦。"这里要强调一下，并不是随便一个故事，都是罗伯特·麦基所定义的"故事"，他所指的故事是"足够好"的故事。

什么样的故事才算好呢？对于"好"的定义，当代家长和当代儿童显然都对其提出了更高的要求。

首先，当代家长自身受教育程度普遍提高，也更加重视儿童教育，他们对于孩子所接触的内容会谨慎甄别和筛选，一些家长甚至会在给孩子选择内容前，自己先完整地听或看一遍，如果他们认为故事没有兼具趣味性和教育性，无法给孩子提供足够的情绪价值和知识价值等，他们往往会直接淘汰这一选项，而去选择其他内容，特别是一些新人创作者，没有掌握儿童内容创作的技巧和法则，不了解当代家长心理，很容易被这些家长"挑"出毛病，结果导致作品内容还没有与儿童见面，就已经被扼杀在了"摇篮"里。

其次，当代儿童的成长环境与过去完全不同，比如他们所接触到的人、事、物，以及他们所接受的家庭教育，皆不可同日而语。因此，对于当代创作者来说，在创作内容时还需要考虑到当代儿童的生活现状,甚至要进一步深刻理解当代儿童逐步构建的世界观。只有这样做,创作者才能意识到,一些在过去颇具吸引力的内容,已经无法吸引当代儿童的目光,更不用说激发他们的兴趣、起到何种教育意义了。这对于创作者规避一些无吸引力的低质作品内容是非常重要的。

另外,由于当代儿童接触电子产品的机会多且起始时间早,他们对网络词汇和语言非常敏感,也表现出了浓厚的兴趣。据调查,不少儿童对于新型网络词汇非常了解,例如早先的"老6""奥力给""打不过我吧,我就是这么强大""C位""彩虹屁""凉凉"等,以及新近的"我觉得OK""依托答辩"等,一些创作者为了"讨好"儿童群体,会在内容中大量加入网络词汇。然而,很多家长认为这些网络词汇不文明、不得体,而且会影响孩子学习正确的文字发音、语言表达等,因此这些作品往往会在家长筛选阶段就被直接淘汰。即使家长对于孩子接触这类内容没有明令禁止,或没有及时发现和干预,大多数家长最后也绝不会为这些内容进行消费买单,因为在他们看来,这些都是毫无营养和价值,甚至是对孩子的学习成长有害的内容。"孩子喜欢、家长反感"的现象,成为创作者在内容创作上的另一难题。

总的来说,当代儿童内容创作者首要解决的问题之一,就是如何正确处理儿童内容用户"双重性"带来的麻烦。这一难题令不少新人创作者,甚至让一些"老儿童内容玩家"也深感苦恼,这正是笔者编写本书的原因,希望通过后续章节的具体分析和技巧指导,帮助正处于困境中的儿童内容创作者们,实现"家长孩子一起搞定"的完美局面。

2.低幼化导致低黏性

儿童内容创作的瓶颈之一，还在于该内容领域用户的特殊性——低幼化。儿童用户和成人用户不同，儿童的价值观尚在构建当中，无法像成人一样对内容进行文化与价值判断和认同，也就无法因为从内容中获得"三观相合"的感受而产生"链接感"，从而成为该内容账号的粉丝或用户。这就意味着，让儿童用户对内容产生黏性并非易事。

另外，儿童身体成长发育快，很多家长即使经济条件不错，也不会给孩子买特别贵的衣服鞋子，因为孩子穿不了多长时间就穿不上了。而和身体同步发育的还有孩子对于事物的认知。孩子的学习能力和记忆能力都很强，不论是有声故事还是短视频，如果一直停留在某一个内容阶段，反复去说一些孩子已经熟悉和了解的东西，孩子就很容易失去兴趣，因为对于儿童群体来说，他们更喜欢新鲜、未知的事物，或者是一些已知领域或事物的高阶知识。因此，如果创作者想要打造一个深入儿童内心的"高黏性"IP，提高儿童用户的"忠诚度"，就必须要从选题、内容、创作技巧等多方面下功夫，保证选题、内容和技巧都在不断升级和成长，与儿童对内容需求的变化保持统一步调，只有这样才能持续满足儿童的好奇心和求知欲，让孩子在看到更大的世界、接触到更多的内容之后，仍旧对这个IP存有高度黏性，直至让这个内容成为孩子最美好的童年记忆。

最后，回归根本。对于儿童来说，要想吸引他们，最重要的还是要讲好故事，并且要以儿童感兴趣、可理解、能接纳的形式来讲述。但从当前的情况来看，很多创作者或创作团队由于认知不足，作品效果并不理想。在接下来的章节内容中，本书将重点探讨好故事应如何选择主题，又有哪些创作技巧。

> **链接：**
> 儿童内容市场美好的发展前景，以及产业链的日渐完善带来的经济效益前景，吸引了无数创作者加入这个领域。然而，在急功近利的创作环境下，各种不良竞争手段，使得真正热爱儿童内容的创作者也受到影响。与此同时，儿童内容的爆发式增长，抬高了家长用户们的选择标准，要想在庞大的内容资源中脱颖而出，创作者们还得多下功夫。此外，如何提高低幼儿童的黏性，也是创作者们应当重点关注和解决的问题。

1.5 新媒体时代儿童内容创作新形态

新时代，新气象，随着新媒体时代的迅速发展，儿童内容创作领域也发生了很多变化，进入了"创作新形态"。唯有搞清楚当前形态的特点和标准，内容才能真正做到迎合时代的特点，达到时代的要求。

1.5.1 交互性、创新性与复合性

首先，从内容、结构和语言等方面来说，新媒体时代对"内

容交互性"提出了更高的要求。事实上，交互性本身就是新媒体时代的主要特征。然而，当前市场上的许多儿童内容却显现出交互性不足的情况。例如，很多儿童有声故事和儿童视频故事，完全是"我说你听"的模式，儿童只能被动地接收内容和信息，而无法与对面的声音或人物互动和交流，这样一来，信息传递就成了纯粹的单方面传递，导致儿童的参与感和体验感较差。

因此，对于创作者来说，在进行儿童内容创作时，一定要充分考虑到内容的交互性。例如，可以在内容中或故事结尾加入一些问题，鼓励儿童用户参与思考，并征求儿童用户的答案。对于幼儿阶段的儿童，创作者可以引导、提醒家长帮助幼儿给出答案，例如把孩子的回答写在评论区、打在公屏上等。然后在下一期节目中，创作者在正式开始当期内容之前，先针对上期节目的一些回答做出回应，如此就能和儿童之间形成良性的互动循环，对于提高儿童用户黏性也有一定的作用。当然，如果担心影响当期内容的效果，也可以做一个互动版块，专门用来与儿童用户探讨有关内容。

另外，创新性是当代创作者需要重点关注的"秘密武器"之一。创新非常重要，在任何领域，想要走在前列，绝对离不开创新力。俗话说："翻拍的电影可以很精彩，但始终难以成为经典。"儿童内容也是如此，模仿他人的内容创作方式，或者一味地照搬图书内容，无法赋予作品生命力和新鲜感，不仅很难吸引家长和儿童，缺乏创新的内容也不利于变现。对儿童内容创作者来说，唯有创新为上策，例如在有声读物领域，广东新世纪出版社曾推出"二十四节气"系列有声节目，一改过去一板一眼、严肃正经地介绍节气由来、特点的讲述方式，而选择了通过一个个精彩有趣的小故事来引出每一个节气，这样既吸引了儿童的注意力，也给儿童带来了不一样的体验，也能够加深儿童对内容的记忆力，这对于儿童的知识积累无疑是一件好事。

最后，新媒体时代下，由于媒体形态多元化，复合式传播已成为当前最主要的传播方式。单一性传播方式不再具备竞争力，更严谨一点来说，在同样的条件下，如题材选择、主题方向、内容质量、输出效率等都不相上下的情况下，单一模式传播的效果会明显低于复合式传播。例如，创作者仅在有声平台创作内容并传播，与创作者将故事分别转换成适合有声、视频和图文出版的多种内容形式进行传播，效果必然不同。前者的流量会局限于有声平台，而后者的流量会因为各平台互相引流而不断积累。

一些创作者认为，在多平台创作内容会消耗大量时间和精力，"心有余而力不足"，便索性专注于某一内容形式，事实上这使创作者自身陷入了误区。对于创作者来说，创作一个好的故事或者说一个好的作品并不容易，如果能对这个故事或者作品进行二次加工，就能使它们拥有更多"展现自我"的机会。这样做不仅是对作品的有效利用，也能让自己的努力和付出得到更多的尊重。同时，创作者努力生产内容，最终的目的离不开变现，那么复合式传播显然是创作者们的不二选择，也是新媒体时代内容传播的主形态。

1.5.2　创作方式与内容呈现的改变

互联网的发展与广泛应用，推动了新媒体的迅速发展，为儿童内容创作提供了更广阔的空间，赋予了更多的新标签。儿童内容创作已然步入了新的阶段，其创作方式与内容呈现方式都发生了明显的改变。

首先，从创作方式上来看，最早的时候，创作者需要用笔来书写文字，创作儿童文学作品。随着科技的发展，创作者从纸张书写转为键盘书写，开始在电脑上创作内容。而如今，创作者可以直接使用音频或视频进行创作，如抖音、西瓜视频等短视频平台，喜马拉雅等有声平台，等等，都支持创作者直接在软件上进行创作，并且这些平台有较为完善的功能支持内容创作，可以帮助创作者更直接、便捷地进行内容生产。

其次，从内容呈现方式来看，在传统文学创作中，例如在纸媒传播环境下，文学内容的承载是报纸、杂志和图书等，而如今进入信息化、数字化时代，文学内容的承载媒体不再局限于纸媒，已经全面向文字、音频、视频甚至虚拟成像技术铺开。从当前的创作环境来看，笔者认为，未来的儿童文学会走向涵盖图像、视频和文字的"大文学"。

1.5.3 儿童参与创作与接受的主动性

在新媒介环境下，"儿童参与内容创作与接受的主动性"得到了显著加强，人们逐渐放下了对"儿童接触新媒介"这件事情的成见，不再一味限制、阻止儿童与新媒介的接触，转而正视其儿童与新媒介的关系，并开始认可新媒介在儿童成长和教育中所起到的重要作用。在早期阶段，很多人担心儿童通过新媒介，如有声、视频等输入内容，会导致儿童养成被动接收的习惯，久而久之会失去独立思考的能力，甚至容易养成孤僻的个性，因此不少家长对新媒介心存担忧。

但事实证明，以互联网和电子产品终端为代表、各种技术手段为支撑的新媒介，不仅让儿童接触到了更加丰富的内容形式，还为儿童的学习提供了便捷性，在一定程度上提高了儿童的学习效率和知识积累速度。最重要的是，在这个过程中，儿童本身对于网络和各种终端产品的界面、操作等愈发熟悉、熟练，并逐渐掌握一定的新媒介使用能力。例如，如今在不少短视频平台，儿童用户也开设了自己的账号，或者利用父母的账号，发布和分享一些与自己的学习生活、家庭生活有关的内容，有些儿童甚至还能坚持账号内容的垂直性，专注于分享同一领域内容，如书籍分享和推荐。这意味着，新媒介使得原本处于读、听、看等被动位置的儿童开始转换身份，参与到了亲身创作行为当中。尽管儿童参与创作并不会对儿童内容创作的整体格局产生多大的影响，但其内容所体现出的审美特征、语言特点、内容主旨以及其受众群体的态度，却可以为当代儿童内容创作者提供一定的思路，这是具有深刻意义的。

另外，信息化时代、数字新媒介等的发展，也加强了儿童用户在儿童内容作品接受中的主动性。例如，现在很多儿童不仅会通过网络资源获取相关内容的信息，包括通过了解评价和打分，判断该内容是否值得自己去读、看或听。另外，在主动选择爱好的内容之后，儿童还会在接触和了解后发表自己的体验和感受，一些儿童甚至会以长篇大论的形式，发表自己对故事、人物、情节以及其中一些细节问题的看法，而这些评价也将给创作者带来不一样的思考、灵感和启发,甚至会直接影响到该内容接下来的创作方向。综上所述,在数字新媒介的作用下,儿童参与创作和接受的主动性得到明显加强,儿童作为原本的被动接受者,已然开始介入到儿童内容的创作中,并产生一定的影响力,在很大程度上促进了儿童内容创作领域的进一步完善和突破。

> **链接:**
>
> 新媒体时代下,儿童内容创作面临着前所未有的机遇和挑战。对于创作者来说,看到机遇和挑战在哪里、是什么,只是第一步,要真正创作出市场认可、用户买账的优质内容,还需要掌握优质内容背后的"密码"。接下来,笔者将会带大家一起学习儿童内容创作的技巧。

第2章

精准选题:"抓"住家长和孩子的眼与心

在儿童内容创作当中,"选题"被认为是作品创作的开端。俗话说"良好的开始是成功的一半","选对主题"的重要性不言而喻。通过精准选题,用吸引力"抓"住家长和孩子的目光,靠真诚、有价值的内容打动家长和孩子的心,是一个优秀的儿童内容创作者必备的专业素养。

（一）章节介绍

新媒体时代为儿童内容创作提供了更多可能，包括主题选择。然而面对广泛可选的主题，不少创作者却犯了难。优质的作品一定会建立在一个足够优质的主题上，那究竟该如何选择主题，确定主题的标准有哪些，什么样的主题更受欢迎……这些都是创作者们需要思考的问题。接下来，笔者将带领大家一起了解"选对主题"背后的那些事儿。

主题与时代背景"不分家"

自古以来,优秀的文学创作总是与时代特色息息相关,能够反映出时代特点且符合时代要求的主题,不仅容易得到社会大众的认可和喜爱,也更容易得到国家政府等官方层面的助力宣传和支持。因此,要做到"精准选题",获得绝大多数人的喜爱,一定要结合时代特点。

2.1.1 时代性

什么是"时代性"?简单来说,就是要能够反映出当前时代现状的一些具有代表意义的概念或现象。例如,"中国梦"就是一个相当具有时代性的主题,"中国梦"是自中国共产党第十八次全国代表大会召开以来,习近平总书记所提出的一个重要思想,习近平总书记把"中国梦"定义为"实现中华民族伟大复兴,就是中华民族近代以来最伟大的梦想"。创作者必须明白,"中国梦"并非纯粹的政治话题,也不只是成年人才需要认识和了解的概念,身处于这个国家、这个时代的每一个人,都应该对"中国梦"的概念和其背后的意义有着正确的认知,并且做出属于自己的"梦想助力",这其中也包括承担着时代接班人责任的少年儿童。家国情怀应从小培养,儿童越早建立对国家和民族的认知,越早种下为中华民族伟大复兴而奋斗的梦想的种子。这对儿童的学习和成长、人生理想和规划等都将产生正向而深远的影响。

2019年，全国政协十三届二次会议指出，应当从当代中国的伟大创造中发现创作的主题、捕捉创新的灵感，深刻反映我们这个时代的历史巨变，描绘我们这个时代的精神图谱，为时代画像，为时代立传，为时代明德。笔者所举"中国梦"一例，正是积极响应了这些对当代文学发展方向起着关键作用的指导政策。笔者再举一个具有"时代性"的例子，希望创作者们从中得到更多的启发。

2021年是中国共产党成立一百周年，对于国家与人民来说，这是具有重大时代意义和深远历史意义的大事。值此之际，为了庆祝，也为了铭记，许多围绕这一主题的各类题材作品应运而生。例如重大革命历史题材电视剧《觉醒年代》，就是为了庆祝中国共产党诞生一百周年摄制的，该剧以1915年《青年杂志》问世到1921年《新青年》成为中国共产党机关刊物为贯穿，展现了从新文化运动、五四运动到中国共产党建立这段波澜壮阔的历程。这部剧播出后，引起了很大的反响，尤其是在青年群体中间，迅速掀起了学习历史、党史的热潮，不少人一边追剧，一边搜索和了解剧中人物、事件的资料和信息，正如一些剧迷所说："学生时代学不进去的历史，如今却变得吸引力十足。"毫无疑问，这与作品的优质内容、精良制作、时代意义等密切相关。那我们不禁要问，在中国共产党成立一百周年之际，有没有面向儿童群体的"出圈"主题作品呢？答案是没有。尽管记录这一事件的文字和图片很多，但总体来看，相关的优质儿童内容并不多，并且在为数不多的儿童类党史作品中，真正能体现出革命先辈的伟大精神，且有利于儿童加深对中国共产党的认识、对革命先辈感恩的内容，更是少之又少。笔者认为，对这种同时兼具历史意义和时代意义的创作资源的"不上心"，显然是当代儿童内容创作者们的巨大疏忽。究其根源，主要是因为不少创作者"太把儿童当儿童"，认为这类厚重的主题并不适合儿童群体，但事实上正如著名儿童文学作家孙卫卫所说："儿童内容创作，应尽可能通过轻松有趣的方式，但必要时也可以通过沉重一些的方式，激活儿童生命体内的人性光亮地带，包括乐观坚韧的生命意志、诚实朴素的精神品质和敢于担当的家国情怀。"少年儿童是时代的接班人，是国家的未来和希望，他们应该对自己身处的这个时代、脚踩的这片土地有更加深刻的认识和理解，这样才能从小培养爱国情怀、感恩之心以及责任感。如果创作者能够围绕这些具有时代意义的主题，将一些时代话题、国家话题甚至于世界话题，以浅显易懂但又不失严谨的方式生产出来，如此兼具话题性和教育性的儿童内容，自然更容易得到家长的青睐，乃至于社会层面的认可。

2.1.2 价值性

大家都知道一句话："新媒体时代，内容为王。"而内容的优质与否，离不开其价值性。简单来说，内容输出的价值越多，就越容易吸引用户，留住用户。这里的"价值"一般分为情绪价值和知识价值。

"情绪价值"是近年来被谈论较多的一个概念，它指的是"给人带来一切美好感受的能力，能引起正面情绪的能力"。儿童的世界观虽然尚未完全构建，但人类生来对于美好的事物有着敏锐的感受能力和反应能力，当儿童看到有趣、温馨或感人的内容时，他们也会感到高兴、温暖或感动。获得的正向情绪越多，就意味着内容的情绪价值越高。但对于家长来说，仅仅能提供情绪价值的内容或许可以算得上是"不错的内容"，但绝对算不上是"上乘的内容"，从父母的角度来看，他们更希望内容在提供情绪价值的同时，还能提供知识价值。所谓"知识价值"，顾名思义，就是儿童通过听或看这些音视频内容能够学到有用的知识，包括生活常识、学科理论、概念理解、文明行为等一切能够帮助儿童掌握新知识、新技能，提升认知力的有效内容。

对于家长来说，如果内容能够兼具情绪价值和知识价值，是最上乘的选项。例如，喜马拉雅APP里的"爆笑——无处不在的经济学"节目，就是一个典型代表，这个节目以充满童趣的幽默讲述法，为儿童讲解了很多经济学知识，让儿童在收获快乐的同时也能学到"含金量"很高的经济知识。比如通过"一瓶水能卖多少钱？"这种贴近生活且浅显易懂的主题，来为儿童讲解"供求关系"是什么，通过"为什么捡来的一百块花着不心疼？"这一趣味性十足的主题，带领儿童一步步认识什么是"心理账户"。在讲到"边际效应"的时候，创作者选用的标题"明明努力了，为什么还是考不好？"不仅十分贴近现实生活，还很有感染力，很容易拉近与儿童群体的距离。目前这个付费系列一共更新了不到一百集，播放量已经达到了近1200万。

因此，对于创作者来说，在选择主题的时候，一定要考虑到这个主题对于当代儿童群体来说，是否具有学习价值或情感体验价值，围绕这种主题选择标准创作出来的作品，无疑更容易得到家长和孩子的喜爱。

2.1.3 科学性

儿童群体虽然认知体系尚未完全、系统地建立起来，所接触的内容也是比较简单粗浅的，但这并不意味着创作者可以在内容上"随心所欲"，比如创作和宣传一些没有科学依据、尚未得到过验证，甚至是一些具有迷信色彩的内容，这对正处于不断建构和完善自身知识体系的少年儿童来说，会产生严重的负面影响。一些创作者错误地认为，在幼年阶段，儿童只要能从内容中体会到乐趣就可以了，随着他们慢慢长大，认知能力和判断能力都会不断提高，到时候自然能判断出什么是真的、什么是假的，什么是现实、什么是虚构，所以在儿童阶段接收的信息并不会产生多么严重的危害。但事实上，在幼年阶段所接触的信息如果是不科学、不严谨的，就会导致儿童不能按照事物的本来面目去认识客观世界，非常不利于儿童形成科学的世界观。

例如，现在有一些儿童内容会涉及"鬼怪""灵魂"等，人类生、老、病、死都是自然规律，"死亡"也并非不能提及的话题，但如何去解释"死亡"，在很多儿童内容中并没有得到很好的表达，一些创作者甚至会以完全脱离现实的解释来进行这方面的内容创作，令不少儿童深信不疑，而一旦接受了这种认知，他们在此后相当长的时间内都会深信不疑，严重的情况下，还会影响少年儿童的心理健康。

因此，在儿童内容创作中，创作者一定不能为了"吸引"儿童的注意力，而忽略科学事实，尤其不能出现以迷信内容为噱头的主题。一切内容都应该在符合客观事实的基础上创作，尤其是针对幼年儿童的内容，虽然语言上粗浅易懂即可，但内容一定要严谨、正确。即使是科幻类题材，也一定要建立在科学的理论之上，包括物理学、化学、数学等理论知识，都要满足"科学、合理地想象"这一前提条件。

即便针对14—18周岁的青少年，即处于青春期的"大龄儿童"，也同样要注重科学性和合理性。需要进一步说明的是，"符合客观事实、具备合理性"绝不意味着要对魔幻类、童话类题材一概否定，而是要求创作者即使在创作魔幻类、童话类的内容时，也要遵循故事设置背景下的逻辑规律，比如有正向的、符合道德和法律的故事情节，以及传递真善美等正能量，不能与现实中所坚持和崇尚的"合理性"相违背。例如现实生活中要求儿童应当尊老爱幼、勇敢自信、诚实守信，即使在魔幻类、神话类题材中，这些正向观念仍旧是不能改变的，不能说在魔幻、神话、童话等主题故事中，错误的观念就可以随意变成正确的观念，负面的内容能成为人人推崇的。

2.1.4 灵活性

儿童内容越来越注重灵活性，这与社会的包容性不断提高有很大关系。如今，随着新媒体时代的高速发展，各类平台以及相应的内容创作技术支持都在不断更新和完善，对于创作者来说，可以选择的创作方式和内容形式也越来越多。与此同时，儿童内容的灵活性也越来越受到家长和教师的重视，这就要求创作者在进行选题时，必须着重考虑到意向主题是否符合当代儿童和家长对于内容灵活性的需求。

例如，创作者选择"礼仪与品德"这一主题时，不能以"填鸭式灌输教育"的方式来直接体现主题。举个例子，想要体现教导孩子尊老爱幼、文明礼貌或自信坚强，不应当直接出现"要尊老爱幼""要讲文明、讲礼貌""不能说脏话""不可以一遇到困难就掉眼泪，要勇敢"等灌输式内容，这类照搬教条的"直球式表达法"，仅仅告诉了孩子要怎样做，却并没有让孩子知道为什么要这么做，为什么不能那么做……这样很难给儿童留下深刻的印象，更不用说触动他们的内心世界了，那么在日后的生活和学习中，他们也就不可能下意识地去执行。深入一点来说，就是很难让他们产生认同感以及学习、模仿的欲望，这种属于"无效教育"，也可以说是"停留于表面的教育"。而如果运用把教育意义"藏"在故事情节中的方式，效果就大不一样了。

因此，我们认为，在当下的儿童内容创作环境下，创作者在选择主题时，既要注重主题的正向性、积极性，也要注意主题是否太过流于表象，通过把一些容易隐藏于内容中、需要儿童经过简单的探索和思考后才能发现的主题思想放在故事中，反而容易达到积极教育的目的。

另外，灵活性还体现在儿童的思维方面。由于年龄原因，儿童群体的见识和经历都很少，思维方式比较单一，但儿童的思维拓展有很大的空间。因此，创作者在选择主题的时候，一定要站在儿童的角度上去思考，优先选择一些有利于激发想象力、开拓思维空间的主题。

> **链接：**
> 在一定程度上来说，主题方向奠定了内容的基调，也直接影响作品的高度和质量。因此，对于儿童内容创作者来说，要想生产出爆款作品，首先要了解清楚当前时代背景下，什么样的主题更容易深入人心，什么样的主题更加符合时代观念，以及什么样的主题更能够迎合儿童和家长的需求，搞清楚了这些问题，自然就能知道如何选题。

2.2 从受众群体的多方面特点分析主题方向

在上述内容中，笔者从时代性、价值性、科学性和灵活性的角度给出了创作者选择主题的方向，这是从外界因素上着手。接下来，笔者将要和大家探讨的是"如何直接从受众群体身上分析主题方向"。

2.2.1 年龄

1989年，第44届联合国大会通过了《儿童权利公约》，这一文件站在高度尊重儿童群体的角度，认为儿童生来就是权利的主体，拥有生存权、发展权、受保护权和参与权等基本权利。简而言之，儿童绝非成年人的附属品，应当受到全社会的尊重。并且，这份文件还对儿童的年龄做出了明确的界定，即：18八岁以下的所有人都是儿童。文件自1992年生效至今，一直是"界定儿童群体与成年群体"的权威存在。这意味着，儿童内容服务的受众群体是18岁以下的所有人。

为了进一步细分，更好地分析儿童的特点和对于内容的不同需求，我们以年龄为划分标准，将儿童群体分为四个阶段，即0—3岁为幼年阶段，4—7岁为学龄前阶段，8—13岁为少年阶段，14—18岁为青少年阶段。显然，不同阶段的儿童对于内容的需求是不同的，因此对于创作者来说，只有搞清楚不同阶段的受众用户有哪些特点和需求，才能秉持针对性服务原则，真正做到精准选题，满足当前阶段的儿童需求。

1. 幼年儿童（0—3）

0—3岁一般被称为幼儿，即幼年儿童，这一阶段的儿童，还没有建立起一定的爱好，并且没有自主选择能力，不论是听书，还是观看视频内容，基本上都是由监护者来帮助选择。而对于幼年儿童（以下简称"幼儿"）来说，监护者在为其选择内容时，首先考虑的是一些有利于提高语言能力、图像认知能力和动作模仿能力的内容，以及一些有利于为入园做准备的内容。

以"凯叔讲故事"APP为例，它为0—3岁的幼儿贴上的成长关键词为"语言发育、入园和事物认知"，凯叔及其创作团队认为：语言发育依赖于磨耳朵，让孩子跟读、跟唱，能有效培养语感，刺激语言发育；而入园是孩子踏入社会的第一步，也是幼儿和父母的第一次分离，做好入园准备尤为重要；另外，足够的事物认知，不仅是幼儿大脑发育的基础，也是幼小衔接的重要一环。

基于这样的理念,"凯叔讲故事"APP为0—3岁的幼儿推出了"儿歌磨耳朵""诗词磨耳朵""国学磨耳朵"等"磨耳朵系列"(磨耳朵,本质上指的是"听力输入",现多用于指英语语音输入积累,笔者用在此处,指的是包括中英文在内的一切基础知识输入)。在"儿歌磨耳朵"版块,有经典儿歌、英文儿歌、字母儿歌、动物儿歌、形状儿歌等内容,这些有声内容在帮助幼儿增强韵律感的同时,也让幼儿初步熟悉了英语语境、认识了字母和形状,以及对食物、动物等名称有了更多的积累。另外,"国学磨耳朵"系列纳入了《声律启蒙》《笠翁对韵》《三字经》等内容,这对于幼儿的国学启蒙和锻炼语感有非常明显的帮助,这一系列也是目前"磨耳朵系列"中播放量最高的版块。

目前,"凯叔讲故事"APP中:"儿歌磨耳朵"系列中的每一期内容的播放量都在400万左右;"国学磨耳朵"系列的每期内容平均播放量在3000万~4000万,最高达到了7500万播放量;"诗词磨耳朵"系列的内容播放量相对较低,一般在25万~30万,超过百万播放量的内容非常少见。这些数据对于创作者来说具有一定的参考意义。

我们可以看到,包括"凯叔讲故事"在内,在当前的有声、短视频内容中,古诗词类内容相对于国学内容来说,明显要多出许多。究其原因,主要是因为诗词类内容相对来说更容易创作。一方面,古诗词内容的可参考信息资源比较多;另一方面,诗词本身具有简短、押韵的特点,更容易表达、传播和记忆,也就更容易被儿童接受。相对来说,国学内容在字词句的使用上要比古诗词更复杂,字数和篇幅上也明显更多、更长,导致转化成儿童易于接受的语境和白话就需要耗费更多精力。正因如此，国学主题下的优质内容较少，很多为0—3岁幼儿服务的儿童内容创作者，甚至会直接避开这一类题材。然而，优质国学题材的稀缺，反而使得这些"稀缺资源"成为"香饽饽"，这也是"凯叔讲故事"的"国学磨耳朵"系列如此受欢迎的原因之一。

因此，对于创作者或创作团队来说，必须明白一点：容易想到和便于创作的题材，往往不容易出成绩，要想脱颖而出，有时候就要走那些看起来艰难一些的路。事实上，一些看似不那么好走的道路，只要找到正确的前行方式，反而更容易收获鲜花，获得掌声。

凯叔及其团队的做法值得参考，以"国学磨耳朵"系列中的声律启蒙版块为例，第一期选用了国学经典《一东》，为便于讨论，下面展示完整内容：

沿对革，异对同，白叟对黄童。江枫对海雾，牧子对渔翁。颜巷陋，阮途穷，冀北对辽东。池中濯足水，门外打头风。梁帝讲经同泰寺，汉皇置酒未央宫。尘虑萦心，懒抚七弦绿绮；霜华满鬓，羞看百炼青铜。

这段内容的具体释义，笔者在此处就不费笔墨了。但大家通过朗读这段文字，可以发现整段内容句句押韵、朗朗上口。也因此，即使这些内容对于0—3岁的儿童来说，其含义并不容易理解和接受，但因其声律和押韵的美感，仍对儿童有很大的吸引力。同时，对于这种朗朗上口的内容，幼儿很容易记住，而跟读、跟唱和记忆，也同样是国学启蒙的正确方式。所以，针对0—3岁的幼年儿童，作为创作者来说，我们在选择国学或其他一些内容较为复杂的题材内容时，有时候并不需要太过关注如何让幼儿完全理解内容，我们可以像"凯叔讲故事"的"国学磨耳朵"系列这样，去发现并发挥出题材和内容的其他"功效"，比如通过声律美、语感美等，帮助幼儿提高表达能力、听唱能力、对词句节奏的把控能力等。

这样一来，我们在题材选择上就有了更多的空间，不必拘泥于儿童对内容的接受和理解能力，而放弃许多不错的题材选项。当某一题材内容较为深奥，我们可以暂时忽略其深奥的部分，转而展现其简单却同样具有价值的部分，例如上述内容中提到的声律美、语感美等，当代父母对于这方面还是比较重视的。

2.学龄前儿童（4—7岁）

在儿童内容创作领域有一句话：学龄前儿童文学是最不自由的一个门类，可以用"戴着镣铐跳舞"来形容。这是因为学龄前儿童已经具有一定的认知能力，并且正处于建构个人世界观的阶段，他们已经能听懂大人的部分谈话，也学会了提出质疑、参与讨论。因此对于专攻学龄前儿童内容的创作者来说，一定要充分考虑到这一阶段的儿童特点以及他们与父母之间的交流话题等。

例如，一些学龄前儿童会开始好奇并向父母询问"我是从哪儿来的"，而相当一部分中国父母，在面对孩子提出的这个问题时，不能做出很好的解释，有些父母为了避免尴尬，会以搞怪或开玩笑的方式进行调侃，比如用"你是从爸爸胳肢窝里掉下来的""你是我从路边捡来的"这种话来搪塞孩子。这么做很容易伤害孩子的心灵，造成孩子的自卑心理。但这一点又不难理解，中国人骨子里比较含蓄，尤其是在幼年子女面前，对于性行为、生育等话题羞于开口，习惯性采取逃避态度。这样的中国家庭现状，无疑给儿童内容创作者们提供了一个绝佳的机会，可让其作品来充当"解说家"。

例如，创作者们可以大胆选择"婚姻""家庭""生育"等作为主题，通过科学、有爱的小故事，向儿童解释父母的关系，解释家庭成员之间的关系，回答"孩子是从哪里来的"等问题，解决中国父母的难题。当然了，在这类主题下，创作者在文字表述上要相当注意，考虑到中国家庭对这类话题的态度，我们要尽可能地避开一直较为直白的词句。例如关于"孩子从何而来"的问题，本质上其实就是性教育内容，但对于4—7岁的学龄前儿童来说，过于直白的性教育内容明显是不合适的。一方面，这一阶段的儿童求知欲非常强，喜欢刨根究底，而过于深入的性教育话题又会影响孩子的身心健康；另一方面，这一阶段的儿童，知识量、认知力和理解力都有限，无法从科学视角理解"性行为"，而在一知半解的情况下，反而容易闹出笑话，比如在外人面前或公开场合提及相关话题等。因此，即便如今在儿童教育领域中，已经开始倡导"尽早对儿童群体进行性教育"，对于创作者来说，仍旧要严格把握好分寸，否则很容易引起家长的反感和抵触。

另外，创作者们不应被行业盛传的"幼儿文学是儿童文学中最不自由的一个门类"理论所局限，一些看起来过深、过难、过大的主题方向，例如国学、历史、地理、物理学绝非不能选择。事实上，这些看起来并不适合学龄前儿童的内容，有其不可替代的价值。以历史故事为例,创作者不需要做到让幼儿对一些历史事件产生多么深刻的认知和理解,记住一些关键人物的名字和性格特征,也同样是其价值所在。譬如讲到武则天时,幼儿并不需要知道她如何参与朝政,如何称帝,如何开创殿试、武举和试官制度等,只需了解她是中国历史上唯一的正统女皇帝,是寿命最长的皇帝之一。讲到李白,也不用要求儿童一定要了解他的人生经历、官场浮沉,这一阶段的儿童只需了解"床前明月光,疑是地上霜"是他写的,他和诗人杜甫是好朋友,他爱喝酒,被称为"酒仙"等已经足够。而这些基础性知识对于学龄前儿童培养学习兴趣非常重要,也为他们将来学习更深入的知识奠定了基础。

最后,针对学龄前儿童,创作者在进行内容生产时,一定要考虑到"优秀元素"的影响力。近代儿童心理学家让·皮亚杰在其著名理论——发展认知理论中,提出过这样的观点:"当儿童经常性地接触某类事物之后,自然而然地会将这类事物的时间和空间形成一种逻辑,而当儿童运用这种逻辑进行过自证,或者处理过同类事物并且取得成功之后,这一逻辑便会成为他的认知框架。"笔者对这一观点抱支持态度。笔者认为,4—7岁的学龄前儿童正处于意识完善和逻辑探索的阶段,这个阶段的儿童最擅长的就是"模仿",由于他们的世界观、人生观和价值观都处于积极构建当中,探索欲和好奇心也促使他们不断尝试着建立自己对事物的理解,在这样的前提条件下,学龄前儿童非常乐于模仿,模仿同龄人、模仿父母、模仿影视剧中的人物,以及所接触内容中他们有兴趣去模仿的人物和事物。基于此,他们所接触的儿童内容中是否足够正向积极,是否具有足够的"优秀元素",比如良好的生活习惯、优秀的道德品质、有效的学习方法等，这些都会通过内容中的人或物，成为儿童模仿的对象，创作者有必要考虑到这一点。

3.少年儿童（8—13岁）

一般认为8—13岁这一阶段的儿童为"少年儿童"，这一阶段的儿童，身体、心理和语言系统等方面都已经发展到了一定的程度，尤其是当代少年儿童，在家庭教育和学校教育的双重引导下，理解能力和信息接受能力已经达到了一定的层次，不仅可以与成年人正常对话和交流，甚至可以探讨一些较为深入的知识和话题。基于此，创作者能够选择的主题也更加广泛，但抓住少年儿童的目光并不是容易的事。

在针对少年儿童进行内容创作的时候，创作者一定要选择一些既贴近现实，同时又具有一定"新鲜感"的主题。少年儿童已经具备一定的认知能力、判断能力和思考能力，开始关注周围的人、事、物以及自身的学习和生活环境等，因此在选择一些生活类主题的时候，即使有虚构内容，最终一定要回归现实逻辑，因为过于脱离他们现实生活的主题，非但不容易得到他们的青睐，反而容易引起他们吐槽。比如，这个年龄段的孩子绝大多数知道自己不是从爸爸胳肢窝里掉出来的，特别是10岁及以上的儿童。加上当代家庭普遍提倡科学教育，少年儿童的判断力和认知力不容小觑。

另外，由于当代儿童的成长环境和教育背景对他们的理解能力起到了非常大的推进作用，导致当代儿童普遍出现心理早熟现象，即相对以往的同年龄段儿童或者一般认知上的儿童状态，思想上表现得更为成熟，对事物的见解和态度有成人化趋势，这就导致他们不容易对比较稚嫩的主题"感冒"。因此，针对这一阶段的儿童，尤其是10—13岁的儿童，可以适当选择一些大爱、苦难或更深层次情感内容的主题。以儿童文学作品为例，张乐平先生的漫画作品《三毛流浪记》影响了好几代人，这部漫画讲述了20世纪20年代至40年代期间，主人公三毛在上海的生活情景，通过发生在三毛身上的故事，展现了正义与邪恶、公正与偏见、光明与黑暗之间的斗争，最终塑造了一个聪明、勇敢、善良的中国少年儿童的形象。这部漫画的特点在于成年人也喜欢这样的内容，也正因为这一特点，对于今天"心理早熟趋向明显"的少年儿童群体来说，具备足够的吸引力。

因此，站在创作者的角度，我们在选择故事主题时，既要把儿童当儿童，也要把儿童当大人。"把儿童当儿童"，就是要创作者确保主题的正向性，这一阶段的儿童群体，正义感很强，对于真善美有着非常固执的坚持，因此不论故事情节是否具有苦难性、悲剧性，主题一定是能够凸显真善美的，包括人性的纯良、家国情怀的可贵、社会责任意识的重要性等。而"把儿童当大人"，就是要创作者避开过于稚嫩的选题，比如以文明礼貌、尊老爱幼等作为主题的故事，显然已经不适合这个阶段的儿童。当然，我们可以在故事中体现出这些具有正向引导性的内容，但整个故事的大主题要尽量具有"趋成人化特征"。当然，笔者在这里提出的"趋成人化特征"，指的是主题体现出的深刻性、大局观等，而不是说可以肆无忌惮地加入暴力、色情等成人内容。

4.青少年儿童（14—18岁）

按照学龄来看，14—18岁正处于初高中阶段，一些上学比较早的孩子，甚至在18岁就已经参加高考。很显然，这一阶段的儿童是较为特殊的儿童群体，一般称为"大龄儿童"或"青少年儿童"。他们虽然尚未步入社会，但因为身心的发育，在言谈和行为举止方面，已经和成年人极度接近。例如，这一阶段的儿童心思很重，内心世界非常丰富，也有了个人独立精神世界的意识，开始真正建立起除了亲情、友谊之外的情感概念，主要体现在容易对异性产生朦胧的情感，以及开始对"爱情"构建起模糊的概念，一些孩子甚至对此表现得十分向往。

青少年儿童已经具有接近于成人的认知能力、判断能力和审美能力，不再热衷于讨论美食、动画和玩乐等纯娱乐化话题，转而开始关注容貌、身材、家世等成人话题，也因为青春期独特的身心特征，变得较为敏感，在意他人的评价。当发现自己与身边的同学、朋友等在容貌、身材或家庭条件等方面有比较大的差距时，极其容易产生自卑情绪。加上这一阶段的孩子容易对异性萌生情愫，会十分在意对方的态度和看法，情绪容易波动，也容易与父母产生矛盾和争执。

由于生活条件的改善，父母对孩子的身体发育更加关注，因此当代青少年儿童的营养摄入一般比较丰富，身体发育较早，同时因为较早接触影视剧和电子产品等，身心都普遍"早熟"。面对这类身心都已经发展到一定阶段的青少年儿童，在选择主题时，创作者一定要怀着更强烈的责任意识，去选择一些贴近他们的现实生活和内心世界的主题，通过走进他们的"青春世界"，赢得他们的好感、认可和信赖，从而更好地给予引导。面对这一阶段的儿童，创作者不能只把自己当成内容生产者，而是要融入受众的世界，把自己当成他们的好朋友。

例如，针对这类"特殊儿童"，创作者可以选择"青春期""早恋""自卑""容貌焦虑""身材焦虑"等作为主题，通过创作一些发生在青春期的、贴近现实的故事，来为青少年儿童服务。一方面，要让青少年儿童感觉到"创作者在说自己的故事"，从而明白许多为之困扰的问题并不是个例，这些问题不仅出现在自己身上，同龄人也都有同样的困扰，这对于青少年儿童缓解敏感和自卑情绪都有很大的好处。另一方面，要能够让青少年儿童从故事中得到启发，找到与这一时期的自己和平共处的方式。因此，笔者认为，青少年儿童内容的主题应着重青春期成长的各种身心体会和生活感受，同时在故事中加入启发性内容，引导青少年儿童能够在思考和自省中，找到正确应对这一阶段身心特征的方式。需要注意的是，青少年儿童内容在表达方法和艺术手法上可以按照接近成人文学的标准来做，但在细节上还是要有别于成人内容，例如尽量不要出现钩心斗角、畸形情感、违背伦理的内容，因为这一阶段的儿童虽然思想已经较为成熟，但毕竟未经世事，心性尚未完全稳定，自控力也相对不足，身心都容易受到不良影响。

另外，这一阶段的儿童还要注重文学素养的提高。因此创作者还可以选择一些经典的历史文化内容作为内容主题，不少有声平台都针对青少年儿童推出了很多经典的有声内容，例如少年得到APP里的"60个故事读懂《资治通鉴》"，懒人听书APP里的

"历史其实很有趣儿（世界卷）"、喜马拉雅APP的"中华上下五千年（儿童版）"等。当然，在选择经典内容，尤其是经典书籍作为主题时，在内容表达上不能照搬书本内容，创作者要形成自己的表达方式和特色。

值得注意的是，虽然按照年龄界定，18周岁以下的所有人都属于儿童，但就当前的现实情况来说，在儿童内容领域主要服务14岁以下的儿童。一方面，14—18岁的青少年儿童，已经具有相当的自主选择意识和能力，且个体差距较大，创作者很难把握普遍适用的主题；另一方面，上述内容提到以青春期、容貌等作为主题，创作贴近这一群体的"青春故事"固然是不错的方向，但尺度稍拿捏不当，容易引起家长的抵触，甚至容易进一步刺激青少年儿童的心理。因为这一阶段的孩子已经开始建立边界意识，直击他们真实生活和内心世界的主题内容，有被他们认为打破边界感的可能，也正因为如此，14—18岁的儿童内容相当缺失。例如，在懒人听书APP中的"儿童"版块，仅为四个阶段的儿童打造了专属内容，分别为0—3岁、3—6岁、7—9岁和10—12岁。在现实生活中，绝大多数人也不认为14—18岁，特别是16—18岁的孩子属于儿童，这就导致这一阶段的儿童被严重忽视，所能接触的内容要么过于稚嫩，要么过于成人化、社会化，没有太多适合这一年龄阶段的内容可供选择，这也是"网络青春疼痛文学"泛滥的原因之一。或许，对"网络青春疼痛文学"的追逐，正是青少年儿童在没有太多优质内容可以选择的情况下的一种"无奈之举"。

2.2.2 心理

抓住用户心理，对于任何领域的成功都是必不可少的一环，儿童内容领域亦是如此。与一般领域不同的是，儿童内容领域的用户具有双重性，笔者在前述内容中也提到过"用户双重性是儿童内容创作的难题之一"。因此，解决这一难题的关键就在于要分别了解家长和儿童的心理，找到家长和儿童在心理或需求上的共性，从而缩小选题范围，做到用主题吸引他们的目光，再用该主题下的内容价值抓住他们的心。

1. 家长心理

对于家长来说，不论孩子目前处于儿童幼年、学龄前儿童、少年儿童阶段，还是青少年儿童阶段，他们对孩子所接触内容的要求，无非有以下这三点：学到知识；提高品德素养；解决亲子问题。

首先，学到知识。这一点是绝大多数家长最为看重的，特别是一些付费内容，如果不能长期输出知识价值含量比较高的内容，帮助孩子丰富知识、增长见识、开阔眼界等，家长基本不会愿意为这样的内容项目买单。因此，创作者在选择主题时，一定要考虑该主题能够输出的知识价值，比如喜马拉雅APP中以"十万个为什么"为主题的内容创作，以满足儿童好奇心和求知欲为目的，以侦探科普作为故事发展线，带领孩子进行"趣味知识之旅"，为孩子提供足够的知识价值。

其次，提高品德素养。曹文轩在《文学应给孩子什么？》中表明观点：儿童文学的使命在于为人类提供良好的人性基础。王泉根在《论儿童文学的基本美学特征》中提出：以善为美是儿童文学的基本美学特征。其他作家、学者的类似观点，笔者就不一一列举了。可以确定的是儿童内容传递的价值，很大一部分在于其主题和内容对孩子性格品质、道德素养等方面产生的影响。有句话说：先成人，再成材。儿童群体所接触的内容，即便不能让他们在知识和技能上有所成长，至少要对儿童树立正确的三观、养成良好的品行等具有积极的引导作用。

最后，解决亲子问题。亲子关系和谐是所有父母和儿童共同向往的家庭关系，然而，尽管当代年轻父母在思想上足够开明和包容，由于年龄差距，代沟问题仍然难以避免。基于这种情况，能够帮助父母和孩子增进了解，有利于调解亲子矛盾、营造温馨美好的亲子氛围的内容，自然能够赢得家长和孩子的心。这一类主题，可以在标题上多下功夫，例如"爸爸妈妈，辅导作业的时候请别发脾气""父母吵架的时候孩子在想什么""棍棒下真的能出'孝子'吗？"等标题，对于很多家庭来说都极具吸引力，这就做到了优质选题的第一步——抓住家长和孩子的"眼睛"。接下来，只要围绕核心主题，创作好相应内容，真正切实有效地帮助改善亲子关系，就达到了根本目的——打动家长和孩子的心。对于创作者来说，这也是打造爆款儿童内容的关键。

2. 儿童心理

在讨论儿童心理的时候，我们首先要讨论一个概念——儿童本位。儿童本位，即以儿童为中心，其他人或事物必须服务于儿童利益的理念和观点。从儿童内容创作者的角度来说，就是要以儿童为内容切入点，以他们的需求为内容焦点，以他们的视角和思维方式来看待问题。在过去,家长常常会忽视孩子的感受,也因此严重影响了孩子的个性发展;现如今在整个社会对儿童的关注度不断提高的情况下,"儿童本位"理念也成为创作者必须遵循的创作原则和指导方向之一。

鲁迅作为最早为儿童"发声"的一批人,曾在《我们现在怎样做父亲》中提出过不少令家长们陷入自省和深思的观点,例如"父母对于子女,应该健全的产生,尽力的教育,完全的解放",以及"自己背着因袭的重担,肩住了黑暗的闸门,放他们到宽阔光明的地方去,让他们此后幸福地度日,合理地做人"等等。鲁迅的很多观点都表达了对儿童的关注和期望,他认为家长们应该把孩子的"幸福感"放在第一位,应该尊重孩子的个性发展,支持他们的人生选择,而不是把自己未完成的理想加在孩子们身上,通过道德捆绑成为他们的束缚。

现如今,一些家长已经开启了"全方位鸡娃模式",而不少孩子对此深感痛苦。对于创作者来说,能够走进当代儿童的生活,看到孩子们的压力、困扰、痛苦和向往,正是抓住儿童心理的关键。据笔者了解,很多创作者比较担心,一些反映当代儿童学习和成长压力的作品会不会引起家长们的不满。笔者认为,在任何一个时代,每一种观点都有人支持,有人反对,创作者如果前怕狼、后怕虎,又想抓住儿童心理,又怕得罪家长,自然无法创作出真正服务于儿童用户的作品。

因此,创作者应该敢于站在儿童的立场,以"自由""梦想"等主题,唤起孩子对于独立人格的意识觉醒,让孩子了解如何从自身的角度来看待生活,如何通过自身的努力获得健康的发展,如何树立理想、为美好的将来而奋斗等。同时,还要通过一些反映当代儿童生活和学习现状的主题，为儿童发声，提醒父母关注孩子的内心世界，学会以儿童视角考虑问题，真正意识到鲁迅所说的"独有'爱'是真的"的意义。或许，一些主题看似在与家长"叫板"，但从这两年的国家政策来看，例如"双减"政策、成绩不公开等规定，"心理健康＞成绩漂亮"已成为时代趋势，创作者若能把握好尺度，打造出爆款绝非难事。

另外，内容衔接性、系统性越强的主题，越容易提高儿童用户的黏性，比如系列型故事主题及不同故事主题内容下的人物串联等。

> **链接：**
>
> 古话说，知己知彼，百战百胜。对于儿童内容创作者来说，要想在主题方向的选择上不出错，就要充分了解自己所服务的用户。针对儿童用户，要根据不同年龄段的心理特征和偏好等，确定相应的主题；而针对家长用户，要学会代入家长角色，了解他们对儿童教育的需求。

"旧题"与"新题"的碰撞

在前述内容中，笔者多次提到，要打造出优质的爆款儿童内容，关键在于讲好故事，而讲好故事的基础，又在于选对主题。在新媒体时代下，结合当代儿童内容创作环境现状，笔者认为，厘清"旧题"与"新题",搞清楚两者的区别与联系,把握好"旧题"与"新题"的取舍和融合,对于创作者来说,无疑是选对主题的关键技巧之一。

2.3.1 "辞旧迎新"式选题法

什么是"辞旧迎新"?在主题选择上,"辞旧迎新"式选题法,指的是避开一些陈旧的、"烂大街"的主题,转而聚焦于热点、新人新事。

那么,哪些属于"旧题"呢?举个简单的例子,当下,针对语文写作,不少教师在课堂上,甚至在公开场合提醒学生不要再使用一些陈旧的案例。比如在写父爱、母爱、亲情等话题时,类似于"在一个风雨交加的夜晚,我发烧了,爸爸/妈妈背着我一路狂奔到医院,我看着爸爸/妈妈的背影……"的老旧案例已经无法打动人心,即便的确有这样的事实,也建议儿童在写作时尽量少用或不用。儿童内容创作也是同理,所谓推陈出新、新时代新气象,无疑都在强调一个"新"字。

每一个时代都有每一个时代的作品,每个时代的作品都是时代的缩影,优质的儿童内容也应该具备记录时代、反映时代的功能。钱文忠提到,在20世纪30至40年代,儿童文学的主题与时代命题息息相关,是革命、战争、独立和救亡等;而今天,中华民族已经步入新时代,从国家面貌、社会现状,到各个城市、各行各业,再到人们的生活面貌、精神面貌,都发生了巨大的改变,如何从新时代背景中找到新主题,让儿童更加了解当前社会、校园、家庭的真实现状,掌握社会热点、新闻要点、领域亮点等，对于儿童成长来说是至关重要的。

这一要求与前面所提到的"时代性"有异曲同工之处。例如，以往的儿童内容，包括现阶段网络上的很多儿童内容，仍旧局限在儿童自己的小世界里，以"家庭与校园生活"为主题，围绕儿童的个人学习和生活来创作。这样的内容并非不好，但在新时代背景下，将儿童的小世界与时代或社会的大世界融合在一起，是儿童内容发展的必然趋势。因此，对于创作者来说，不妨将目光聚焦于民族复兴、时代面貌等大主题上，通过向儿童展示中国各领域的新成就，包括医疗、科学、交通等领域，以及现当代的社会面貌等，唤起中国儿童的民族自豪感，帮助他们树立正确的家国观念、民族观念，让儿童更加了解自己脚下的这片土地，学会感恩国家，感恩自己身处的这个美好时代。

2.3.2 "新旧结合"式选题法

所谓"新旧结合"，主要指传统文化主题与新时代文化主题融合而成的"新主题"。这几年，不论是儿童有声内容，还是儿童视频内容，都在有意推出传统文化主题。在这一主题下，纳入了大量的中国元素，例如生肖、书法、戏曲、建筑、陶瓷、风俗等多方面的内容。这些内容可以帮助儿童了解中国历史文化，感受深厚的民族文化底蕴。

然而，21世纪的中国儿童，生长在信息大爆炸的时代，每天都有无数新鲜事物和信息在吸引着儿童，即使家长有意控制儿童接触电子产品的时间，在新媒体时代下，当代儿童不可避免地会接触到各种新闻信息，尤其是已经步入进入校园的儿童，会和同龄人讨论各种新话题，包括电影、游戏、网络用语，甚至于一些社会事件和社会现象。

与此同时，受新媒体时代数据更新速度快的影响，当代儿童对新事物、新现象、新词汇等"新"文化的热衷程度远高于传统文化。一方面，人类天生对新生事物有好奇心和探索欲，儿童更是如此；另一方面，儿童会更容易接受熟悉环境下的产物，对于与自身成长背景和时代环境关联性不强的事物和知识，不容易产生兴趣，相对来说也更难理解和接受。因此，创作者如果想要输出传统文化价值，不妨选择"新旧结合"式选题法，将传统文化元素与现代元素进行融合，势必能得到不错的效果。事实上，不少中国传统文化都是借助新媒体技术的发展得到新的展现，例如在《功夫熊猫》《大圣归来》等电影里就融入了大量的传统文化元素。需要注意的是，在这一类主题模式下，不论是从视觉效果、观感体验上来说，还是从内容的灵动性、真实性上来看，视频的呈现效果明显要优于图文、有声等非动态形式的呈现效果，这也是越来越多的儿童内容创作者加入视频创作阵营的原因之一。

另外，将经典文学作品以具有当代语言特色和表达特点的方式展现出来，也是传统文化与现代文化融合的表现。例如，《西游记》《红楼梦》等经典作品，通过有声、视频、游戏等现代化技术手段和呈现方式，以新面貌与儿童见面，对于创作者来说也是值得探索的方向。

> **链接：**
> 在主题选择上，不论是"辞旧迎新""新旧结合"，还是

笔者未在文中介绍的"一旧到底",实际上都是对传统文化与现代文化的糅合与取舍。笔者认为,在这种选题方法下,不论创作者是选择内容糅合,还是仅选取其中一种,原则其实很简单——取精华,去糟粕。

新媒体时代下的主题模式

新媒体时代,社会包容性、全民接受能力的提高以及各平台技术的发展,使得儿童内容主题模式的选择空间不断得以拓展,目前大致可以归纳为以下几种主题模式:家庭与校园生活主题、自然与生态文明主题、经典与传统文化主题、乡村与城市建设主题、科学与幻想主题,以及生命与苦难主题、AI与元宇宙主题。需要说明的是,每个人对于主题模式的描述不完全相同,但以上几块内容基本囊括了现当代儿童内容的主流主题模式。

2.4.1 家庭与校园生活主题

家庭与校园作为儿童最为熟悉的两个环境场所,共同记录着儿童的成长和变化,在儿童成年以后,甚至到了中晚年阶段,家庭与校园生活依然会留存于他们记忆最深处。因此,家庭生活故事主题和校园生活故事主题,在儿童内容创作领域中一直非常受创作者追捧。

另外,因为家庭和校园生活与儿童的真实日常紧密相关,对儿童群体具有相当的吸引力，所以儿童会感到亲切。在家庭与校园的主题模式下，如果能做到角色设定有趣、故事情节贴近生活且兼具教育意义和趣味性，就很容易发展成为爆款IP。例如北猫的校园主题故事《米小圈上学记》和杨红樱打造的《淘气包马小跳》，都是非常经典且成功的儿童文学作品。尤其是杨红樱创作的校园生活系列作品，成功打造出了数个爆款IP，不仅出版了图书，改编成了有声故事，围绕该IP的衍生产品也相当之多，马小跳、笑猫等已成为经典形象。

杨红樱的校园生活系列何以如此受欢迎？以《淘气包马小跳》系列为例，这一系列的作品内容分为多册，每一册都是围绕主角马小跳的校园生活展开的，讲述了马小跳等孩子的成长生活和他们与家长、老师、朋友们之间发生的各种故事。但这些故事情节并不完全连贯，每个故事都具有一定的独立性，这也使该系列作品始终保持着一份新鲜感，对儿童读者具有持久的吸引力。但同时，这些故事在同一背景下，遵循着一定的时间逻辑和情节逻辑，具有较强的延续性，大大提高了儿童读者的黏性。此外，这一校园主题故事系列，映射着当代儿童的现实生活与精神世界，倡导儿童的个性发展以及儿童与成人之间的双向理解与沟通。基于以上所述原因，《淘气包马小跳》系列不仅被孩子们喜欢，其内在核心价值也赢得了家长、教师乃至社会层面的认可。

对于当代儿童内容创作者来说，随着新媒体时代带来的更多平台和机会，不妨从包括《淘气包马小跳》《米小圈上学记》等校园生活主题的成功作品中汲取灵感，将其运用到新媒体时代下的校园主题故事创作当中。总结来说需要做到以下三点：一是故事要有连续性，即遵循合理的时间线和情节线，在一定的背景下进行，同时主角要有"个性"，配角要有"特点"，以增强内容可读性；二是故事要有独立性，即故事不能反复，更不能重复，每一章节都要有新的故事发生，这样才能让儿童保持对后续内容的期待，也能让儿童通过不断更新的故事，产生新的感悟和体会，拥有"获得感"；三是要有核心价值和意义，譬如探究成人世界与儿童世界的隔膜与误区，让儿童更了解家长和老师的想法，也能让家长和老师们进一步看到儿童的内心世界，这种有利于儿童个性发展、倡导理解与沟通的内容，才是爆款应有的。

家庭生活故事主题同样紧贴儿童的现实生活与心灵世界，一般以温情、感动、理解、包容等关键词为故事的主旋律，也可以加入一些有关矛盾与化解、冲突与沟通等内容的故事情节，更能反映真实的家庭生活故事。毕竟，在任何一个家庭，父母与孩子之间永远父慈子孝、一片祥和并不现实，尤其是孩子进入少年儿童和青少年儿童阶段后，独立意识更强，个人想法更多，和父母之间出现矛盾在所难免。创作者无须担心，在故事中体现出这些看似"不和谐"的生活场景，并不是在传播负能量，反而是在帮助父母与孩子进一步认识自己，以及认识自己的行为，从而开始反思和自省，有利于打破隔膜，找到正确的沟通方式。

因此，我们说，在家庭生活和校园生活的故事主题下，故事内容贴近真实，是至关重要的一点，哪怕真实中有不那么"美好"的时候。

2.4.2　自然与生态文明主题

儿童与大自然有着天然的亲近感，儿童尚未经过世俗污染的纯善心灵，使他们打心底里认为，大自然中的一切都是有生命的，不论是动物、植物，还是山川、河流，甚至是一片落叶，都能与之交流。作家毛姆曾说过："一个人能观察落叶、鲜花，从细微处欣赏一切，生活就不能把他怎么样。"生态与自然主题故事，能够帮助孩子更好地认识大自然以及身处于大自然中的一切，让孩子们因为感受到故事中那些"活着的"花草树木、山川河流，而相信"万物皆有灵"，从而愿意主动从故事里走到现实中的大自然里，去认识大自然，亲近大自然。

因此，充分迎合儿童这一心理，在"生态与自然"主题下，创作出感人的动物故事、植物故事、人与动物和植物的故事，以及一些能体现出自然界共生或竞争关系的故事等，从而呈现出生命存在的价值，是非常有意义，也是非常有必要的。通过这样的故事内容，儿童会更加热爱大自然，更加理解生态环境的构成和保护生态的重要性，也会更加意识到必须怀着敬畏和尊敬的心去与大自然相处，有利于孩子从这些故事中汲取成长的能量，激发环保意识，以及培养守护家园的责任感。

而这正是时代寄予儿童的期望。人与自然的关系本就是人类社会最基本的关系。习近平总书记在《推动我国生态文明建设迈上新台阶》中严肃提出："人与自然是生命共同体，是共生关系。当人类合理利用、友好保护自然时，自然的回报常常是慷慨的；当人类无序开发、粗暴掠夺自然时，自然的惩罚必然是无情的。

人类对大自然的伤害最终会伤及人类自身,这是无法抗拒的规律。"自然界对于人的整个生命是不可或缺的,可以说大自然就是人的生命本身。中华民族向来倡导全民尊重自然、热爱自然、保护自然,共同让五千多年的中华文明孕育而来丰富的生态文化更好地发展和绵延下去。自古以来,有关尊重自然规律、爱护生态文明的理念数不胜数,如"人法地,地法天,天法道,道法自然",如"草木荣华滋硕之时,则斧斤不入山林,不夭其生,不绝其长也",如"顺天时,量地利,则用力少而成功多"等,这些理念都在反复强调:天、地、人应当和谐统一,自然生态与人类文明应当紧密相连,人类的一切活动,都应当按照大自然规律和生态文明的规则进行,取之有时,用之有度,是每个人都应当树立的意识。

尽管儿童尤其是幼年儿童,认知能力和理解能力十分有限,尚且无法深刻理解这些理念背后的含义,但笔者认为,人类对大自然的尊重往往"因爱而生",通过一些人与自然之间发生的温情的故事,或者必要时通过一些有关生态文明遭遇破坏、发生灾难的故事,让儿童在热爱大自然的同时,也能对自然心怀敬畏。这份热爱与敬畏,就像一颗小小的种子,种在了儿童的心上。随着他们慢慢成长,这颗种子也会慢慢生根发芽,直至长成参天大树,激励着儿童为生态、为大自然做出属于自己的贡献。诚然,这样的内容对儿童思考人与自然和谐发展的意义,继承和发扬中华优秀传统文化与智慧起到了深远的影响。

举个例子,2020年江苏凤凰少年儿童出版社出版的《小冷杉》就是"生态与自然"主题故事,故事讲的是森林边上有一棵小树——小冷杉，它很孤单，独自走过了七个春夏秋冬。有一天，一个小男孩的爸爸发现了小冷杉，就小心地把它挖了回去，当作圣诞礼物，送给了自己常年卧病在床的儿子。后来，在温暖的室内、柔和的烛光里、充满欢声笑语的屋子里，小树被盛装打扮，和其他的小朋友们一起，陪伴着小男孩度过了难忘的时光。等到草长莺飞的春天，爸爸把小树还给原野，等到了冬季，小树又被重新带到小男孩身边。就这样，他们互相陪伴着，小男孩慢慢长大了，小冷杉也长大了。在一个飘雪的晚上，小冷杉正满怀期待地等待着男孩的爸爸带它回家，可却迟迟没有等到男孩爸爸的到来，就在它感到失落的时候，患有腿疾的小男孩和伙伴们却提着灯笼从远处走来了，带着小冷杉回到了自己温暖的家。

在这个温暖的故事里，小冷杉是有生命、有思想、有情感的，它与小男孩产生了伟大的友谊，并且一起成长，互相陪伴。这样的故事彰显出了人与自然的和谐是多么美好，尤其是在环保问题越来越凸显的今天，人与自然的和谐共处愈发重要。生态环境永远是我们赖以生存的基础，通过或温暖或具有警示意义的故事，让儿童从小树立"热爱自然、生态环保"的责任意识，这样才能为大自然培养出一代又一代的生态文明守护者。这样的故事对于创作者来说是具有参考价值的。

2.4.3 经典与传统文化主题

儿童时期正处于人生的关键时期，儿童在这个时期所接收的信息内容，会直接影响儿童的认知、思想以及价值观、世界观等，还会影响到儿童日后的精神、气质、人格等。因此，帮助儿童提高综合素质是至关重要的。笔者认为，借助经典书籍、传统文化的力量很有必要。

中华文化博大精深，五千年文明历史留下来太多精神财富，比如经典书籍对于提高儿童文化素养、奠定文化根基有不可忽视的作用，这也是很多创作者选择做经典书籍相关内容的主要原因。例如，凯叔讲故事"经典名著"版块推出的"凯叔·三国演义""凯叔·红楼梦""凯叔·水浒传""三国里的博物学""二十四史""上下五千年""城南旧事"等经典名著，让孩子熟悉名著，走进经典，积累素材，为语文学习和文学素养打下坚实的基础。当然，需要注意的是，经典名著主题下的内容，并非照搬、照读原著内容，而是要经过认真打磨和改编，以全新的方式面向用户。一方面，是要打磨其语言表达方式，将原著中晦涩难懂的语句和过于书面化的内容，转换成儿童容易理解和接受的语言；另一方面，创作者需要将原著中不适合儿童的内容适当删减、改编，例如《红楼梦》中有描述男女之事的内容，创作者需做好处理，另外还有一些作品中包含了血腥暴力的内容，也需要创作者进行酌情改编。

当然，笔者要强调，这些内容的存在并不影响名著本身的价值，做删减、抹除等处理完全是因为服务对象是儿童群体。儿童群体还不具备足够的判断力，且模仿能力很强，做相应的删减处理，是为了避免其影响儿童的身心健康和行为发展。

另外，在"传统文化"版块，凯叔及其团队还打造了"99个成语故事""中秋节，月亮的故事""屈原传"等内容，以或趣味或温情的讲述方式，通过一个个小故事，为儿童输出传统文化知识,不仅深受儿童用户喜爱,也得到了家长们的广泛好评。此外,在抖音短视频平台,以传统文化知识为内容主体的作品也较为"吃香",例如有一个名为"童话寓言故事"的账号,发布了大量成语故事,这些故事结合了成语出处的事件和人物,十分生动有趣,现播放量已达到2.2亿,而该账号粉丝量近220万,在儿童类账号中名列前茅。笔者认为这与其内容中传统文化的独有魅力不无关系。由此可见,传统文化知识是深受市场欢迎的,也一直是家庭、校园,具体到家长和教师们关注的领域,尤其是现当代的年轻父母们,由于受教育程度普遍提高,深知学习和了解中国传统文化知识对于培养儿童的文化底蕴至关重要。

因此,对于当代儿童内容创作者来说,即便已经步入信息化、数字化时代,具有时代性的新故事、新理念、新文化层出不穷,经典与传统文化故事主题依然以其不可替代的文化魅力和文化价值深受大众喜爱。事实上,很多儿童内容创作者都深知这一点,儿童文学作家保冬妮,作为一位高产的中国原创图画书的儿童文学作家,就在传统文化价值的输出方面花了很多心思,并且取得了相当不错的成就。保冬妮以中国传统文化为主题,创作了很多具有浓郁中国乡土气息的原创图画书,例如"京味"十足的《布老虎》《神奇虎头帽》《小小虎头鞋》《元宵灯》《铁门胡同》等作品,就融入了大量民俗文化和具有地域特色的内容,彰显了浓厚的中国传统文化和老北京文化,让无数读者记忆深刻。不少儿童读者因在其作品中受到的传统文化熏陶,而对"京文化"和中国民俗文化产生了浓厚的学习兴趣。此外,由她策划及组织联合一批年轻画家绘画的原创图画书"虎年贺岁"系列囊括了多种风俗习惯、传统节日、民间艺术、民情文化等经典十足的中国风味，包括《神奇虎头帽》《虎妞妞》《小小虎头鞋》以及《元宵灯》《花娘谷》《荷灯照夜人》《满月》等"中国原创图画书精品"系列。从实际效果和影响来看，这些融入了大量民族元素、历史元素、地域元素、文化元素的作品，显然更容易孕育产生有特色、打动人心的情节和文学作品。因此，对于当代儿童创作者来说，要讲好故事，打动儿童，就要选好主题，而经典与传统文化主题故事正是上选之一。

2.4.4 乡村与城市建设主题

很多朋友乍一看乡村建设、城市建设及规划等字眼，会认为这对于儿童群体来说过大、过深、过远了，不符合儿童对于事物理解和接受的特性。但就笔者深耕儿童内容领域多年的经验来看，这样的想法和认知，实际上体现了创作者在主题选择上的思维局限性。

任何时代，优秀的文学作品都应当具备足够的价值内核，儿童文学作品亦是如此。过去有很多优秀的儿童文学作品正是以乡村建设和发展作为主题，例如伍美珍的长篇报告文学《蓝天下的课桌》、曾小春的长篇小说《手掌阳光》、徐玲的长篇小说《流动的花朵》、陆梅的长篇小说《当着落叶纷飞》、刘泽安的儿童诗集《守望乡村的孩子》、邱易东的报告文学《空巢十二月：留守中学生的成长故事》等，都是以"三农"问题为题材的"农民工子弟文学"。这些作品中的故事通过紧贴农村当下的真实生活，展现了农村留守儿童的生活状态、学习状态和心理状态，表达农村留守儿童的生活困境和精神困惑，同时赋予了憧憬、希望、温暖与阳光的内容，挖掘特殊环境下的人性本质。

笔者认为，这样的主题和故事，对于儿童群体来说是不可多得的文学财富，它们既不浅显、无聊、无趣，也没有过大、过深、过远，而是用最平凡的故事去触碰儿童内心最为纯善干净的地带。比如《蓝天下的课桌》，就是用孩子们身边的故事唤起孩子们的进取心，唤起孩子们对家人的珍惜和理解，唤起孩子们对家人的关爱和尊重。对于农村儿童来说，农村建设与发展主题故事，不仅能让他们更加理解自己脚下的乡村土地，也能帮助他们尽早建立起"农村发展观"，这对于农村儿童的意识觉醒、思想成长、梦想情怀等方面都有重大意义。而对于城市儿童来说，乡村建设主题故事的意义，在于让他们打开禁锢于城市生活范围下的思维，看到"不一样的世界"，尤其是一些没有过任何乡村生活体验的儿童，可能会因此产生更多的思考。

国家一级作家杨映川的儿童文学作品也同样聚焦于乡村文化，例如《少年师傅》和《千山鸟飞》，都是以乡村生活为背景，以乡土社会文化为内核，讲述乡土少年的故事。以《少年师傅》来分析，这部作品讲的是一位少年对于桐乡山水、花草、民风等方面的体验和感悟，以现代的视角描述了乡土人文的特色，凸显了乡土文化珍贵的一面。在故事中，作者通过乡村背景下传统工匠的技艺传承，写出了广西桐乡的民情风俗，在充溢着生活气息和浓郁民风的叙事中，对工匠精神的内涵娓娓道来，并写出了少年从中得到的心智上、思想上和灵魂上的启发与触动。值得注意的是，杨映川本人是广西人，她描述的乡村故事和所展现的乡村面貌,正是她所熟悉的世界以及那个世界里发生的真实生活,她借用自己对桐乡的爱与眷恋、理解与感受,让身处当地的儿童更进一步认识了自己脚下的那片土地,也让许许多多不了解广西、不熟悉桐乡的儿童,开始认识这里,了解这里,甚至爱上这里。

对于当代儿童内容创作者来说,这是很好的启发。许多儿童内容创作者绞尽脑汁地去寻找灵感和线索,结果却常常不尽如人意,他们忽略了自身的"生活背景和记忆素材",包括生活经历、生活背景、生活环境等都是最好的故事背景和故事素材。笔者认为,不论是创作者的乡村生活经历、童年记忆,还是创作者长期生活过的地区的民俗风情、节日、美食和人文……这些由创作者自身在乡村背景下的生活经历和所见所闻构成的"素材库",尽管对于当代儿童来说会有一定的陌生感,尤其是一些青中年创作者的童年记忆,和当代的儿童生活现状存在着明显的差距,但我们要知道,人在童年时期的那颗童心、那份童趣是一样的。因此,故事只要能传达出那份专注于儿童的童心、童趣和儿童时期内心的那份纯善、单纯和美好,以及儿童内心深处那些懵懂而隐秘的心理变化,作品自然能够跨越年代隔膜,与当代儿童产生共鸣。

与乡村生活和文化相对应的是城市背景下所映射出的社会现象,尤其是城市建设规划与乡土文化的结合,近年来尤其受到关注。早前,杨映川的另一部作品《千山鸟飞》,就把目光聚焦于城市建设上。故事同样是以桐乡为背景来展开的,但这一次讲的并非山水乡野的美,而是在现代化进程中,由于人类欲望驱使,对山野、自然进行无休止、无底线的"掠夺",伤害了原本美好的环境，也伤害了我们赖以生存的大自然。现在很多成年文学热衷于这类主题，事实上这类主题对儿童的影响更为深刻，对儿童的影响更大。在当代城市建设步伐加快、商品经济发展迅速的前提下，中国乡土社会及其自然环境也因此经历着巨大改变的生活背景下，创作者从环保与城市建设的矛盾和协调角度出发，通过儿童易于接受的故事，让儿童尽早了解到这其中的利害关系，并不是在催促儿童"过早接触社会性话题"，而是让儿童更加理解在城市的建设与变化中，有一些可贵的东西正在悄然逝去。例如，城市化进程过快固然导致工业化进程加快，但工业化又必然带来一系列污染问题，一旦没有得到及时的、同步的处理，破坏自然生态就成了必然。另外，城市化进程导致"城市病"越来越多，包括交通拥挤、资源紧俏、城市居民生活质量下降等；再者还有绿化面积大幅度减少，新建厂区增加及污染严重，一些遗址遗迹被过度开发利用，失去了最原始的味道等问题。因此，我们谈论城市建设，说到底还是要与乡土文化进行融合，通过乡土社会中人们对自然和生命淳朴而热忱的爱，对生命和自然发自内心地去尊重，以及通过在现代化进程下这些爱与尊重发声的改变甚至于扭曲，折射出现代城市化建设、商品经济发展以及物质主义至上理念，对于乡土文化及人的影响。最后，对于创作者来说，在尝试这一主题时，还可以在故事中加入城市文化与乡村文化的碰撞，帮助儿童建立城乡文化融合与交流的概念，使得儿童对于乡村、城市以及城乡之间各方面的差距，有正确的认知和理解。

2.4.5 科学与幻想主题

以往很多家长由于自身没有受过良好的文化教育，也没有接触到太多科幻作品，因此在他们的育儿观中，几乎很少有对科幻作品影响力的思考。但如今，随着家长受教育程度提高，思想和认识都更加前卫，他们愈发意识到，在孩子的成长过程中，想象力是至关重要的。因此，如何激发孩子的想象力，现已成为当代家庭共同关注的话题。在这个过程中，家长们发现"科幻内容"扮演的角色对于孩子们激发想象力、积极探索世界、探索未来是不可或缺的。

科幻，指的是科学幻想。在西方，科幻小说的起源，最早可以追溯到英国工业革命与达尔文的《进化论》。到了20世纪初期，物理学家爱因斯坦的相对论进一步将科幻小说推向了全人类。第二次世界大战以后，因为核裂变、航天、电子计算机等科学技术的飞速发展，科幻小说有了更多创作素材和科学理论支撑，也因此呈现出繁荣景象。此后创作者们经过不断的研究、探索和创新，使得科幻小说的故事背景、情节、艺术手法等都有了新的呈现。这些科幻作品对于儿童的影响力是不可估量的：一方面作品充分激发了儿童的想象力，满足了正处于想象力高峰期的儿童群体对于未知世界、未来世界的探索欲望；另一方面，作品充满了各种科学理论，如化学、物理、航天等科学技术及理论的内容，也进一步激发了儿童对于各类学科和领域的学习欲望。

在充分认识到科幻内容对儿童成长的重要性的基础上，我国也涌现出了越来越多的科幻创作者以及优秀的科幻作品；同时伴随着新媒体时代的到来，我国科学幻想主题模式的儿童文学作品逐渐走向了兴盛，并且目前仍旧趋势大好。在新媒体时代到来之前，与国外科幻类儿童内容相比，中国的原创科幻类儿童内容令人担忧，不管是数量还是质量上都不尽如人意，市面上几乎找不到什么代表作品。但随着新媒体环境的加持，人民文学出版社最先领头，引进了火遍全球的幻想小说《哈利·波特》系列，伴随着哈利·波特的IP热潮，我国商业市场受到启发，大量的西方科幻类儿童文学作品，如《纳尼亚传奇》《魔戒》等小说、电影及IP衍生物被翻译引进，我国儿童读者的阅读趣味与世界潮流实现同步，科学幻想主题成为儿童文学生产创作推崇的新领域。

与此同时，我国科幻类创作者的创作热情也被全面点燃，文学创作领域掀起一阵科幻题材浪潮，并且亮出了不错的成绩。例如，"中国科幻第一人"刘慈欣，于2006年开始在《科幻世界》杂志连载《三体》，此后又分别于2008和2010年出版了《三体2：黑暗森林》《三体3：死神永生》。《三体》系列获奖无数，如中国科幻银河奖、全球华语科幻星云奖、坎贝尔奖、世界科幻大会颁发的雨果奖等。《三体》同时受到了成年人和儿童的喜爱，尤其受到了大批青少年儿童的追捧，一些青少年儿童甚至在看完《三体》后开始自己在社交平台写"番外"。

此后，刘慈欣的科幻小说《流浪地球》被翻拍成电影，这部小说讲述的是地球因为太阳的毁灭而必须进行逃离太阳系的悲壮远征，这部电影创造了中国原创科幻电影神话，引发空前轰动，更掀起新的科幻文学的高潮。有趣的是，《流浪地球》的上线再一次引发《三体》的火爆，各种版本的《三体》和大量翻译引进的外国幻想主题作品热度不断,这也刺激了中国原创儿童文学的科幻主题内容的生产创作。

此前,《文艺报》曾发表《儿童文学应重视幻想》呼吁,引起了儿童科幻题材创作的高峰,科学幻想儿童文学的意义得到空前重视。同时,这再一次证明了新媒体媒介的力量,并形成生产模式,即电影先行、文学本体火爆销售、IP多元化开发与布局、产业链延伸与深度开发。基于此,当代儿童内容创作者应尽可能抓住趋势,抓住热潮,讲好科学与幻想主题故事。

2.4.6 生命与苦难主题

谈及生命与苦难,很多朋友又要发出质疑:这是儿童应当接触并能够理解的命题吗?笔者认为,应当且是十分有必要的。笔者无意与持反对意见者争辩,仅是从当代儿童的真实现状出发,来讨论以"生命与苦难"为主题的故事,对于当代儿童的成长究竟有哪些影响和作用。

众所周知,中国是一个曾经历过苦难岁月的国家,也正是那些苦难铸就了华夏儿女骨血中的坚韧,是那些苦难的经历让中国人民知道往哪里走、如何走才能拥抱光明。如今,国家进入新时代,再也没有了曾经的硝烟与战火,也没有了随处可见的鲜血与死亡,于是到了这一代儿童的身上,他们已经不会去思考或者说不知道如何去思考有关生命、生存和困难的命题,也正因为如此,这样的内容才更有必要存在,而这正是当代儿童内容创作者们应当考虑的问题。

儿童内容创作者不应当局限于"逗孩子笑,为孩子带来快乐"这样的创作目的,尤其是在少年儿童和青少年儿童阶段,创作者们应该打开思维,适当尝试一些与生命本质、人生困苦、童年困境等相关的内容。当然,创作者需要记住,这些内容的存在不是为了让孩子们过早接触沉重话题而感到压力,或对生活和未来失去信心和期待,也不能让孩子因为内容的沉重而身陷负面情绪。这些内容既要反映出生命与苦难的本质,也要让儿童感受到希望。比如,过去很多作品描写的是农村生活、农村父母的不易,他们每日劳作,夏天顶着骄阳,冬天忍受寒冷等。如今,创作者们可以聚焦于城市背景下的生活,比如描述城市父母的压力与艰辛,让那些抱怨缺失父母陪伴的儿童理解父母的无奈选择,看清生命和生活的本质,以及通过一些成长过程中的挫折和陷入困境的故事,让他们知道生命的成长本来就必须经历阵痛、低谷,甚至是"人生的绝境",但故事的最后一定要赋予其希望,让孩子们知道面对生命和苦难,乐观的精神、坚韧的灵魂足以阻挡一切。网络上有句话叫"世界以痛吻我,我却报之以歌",创作者应当让孩子们在看清生命与苦难以后,反而更加热爱生命,更懂得如何笑对人生的苦难。

当代一些优秀的儿童内容创作者正是这么做的,他们用双手书写生命与苦难,生命、生活、苦难、困境、挫折等几乎是他们大多数作品的内核,这也是现实主义儿童文学创作的主要特点。与很多儿童内容创作者不同的是:别人展现童年生活,展现的是快乐的童年、有趣的童年,这些创作者书写的童年,却常常是苦难、忧伤且沉重忧郁的童年。笔者认为,这未必是坏事,笔者认可儿童文学是让儿童快乐的一种文学的说法,但很显然,"快乐"

不应是儿童文学的唯一追求,一味追求快乐,会使一个人滑向轻浮与轻飘,失去应有的庄严与深刻。傻乎乎地乐,不知人生苦难地咧开大嘴来笑,是不可能领悟人生真谛的。另外,"儿童文学是给孩子带来快感的文学,这里的快感包括喜剧快感,也包括悲剧快感——后者在有些时候甚至比前者还要重要"也是发人深省的观点之一。也因此,王泉根评价这样的创作者是"一直坚守着'追随永恒'的美学承诺,反对咀嚼庸常的创作现实,通过自己的作品体证着人性智慧的高贵永恒的人"。

笔者要强调的是,这样做并不是一味为了渲染负面情绪,更没有强势地直接把现实世界赤裸裸地展现给儿童。虽然在这些作品中,生活的苦难与坎坷,人生的无奈与不易,都是很常见的,但创作者们从来没有沉溺于悲伤沉重的艺术手法和文字表达,而是以极其细腻的文字、质朴的故事,去揭开生命与苦难的"神秘面纱",展现出人和生活最真实的一面,而后又通过故事和文字的引导,让人看到人性的可贵与美好。对于当代儿童内容创作者来说,这样的创作观是值得反复咀嚼的。

2.4.7　AI与元宇宙主题

AI,即人工智能,它是研究、开发用于模拟、延伸和扩展人的智能的理论、方法、技术及应用系统的一门新的技术科学,它是计算机的一个分支。人工智能自诞生以来,不论是理论还是技术,都处于迅速发展的状态,应用领域也不断扩大,按照科学领域对人工智能的期待,它在未来极有可能胜任目前还只能由人类来完成的一些复杂工作。而元宇宙指的是人类运用数字技术构建的，由现实世界映射或超越现实世界，可以与现实世界交互的虚拟世界，具备新型社会体系的数字生活空间。元宇宙这一概念，最早出现在1992年的科幻小说《雪崩》中，在这部小说中，对元宇宙的定义是"脱胎于现实世界，又和现实世界完全平行的虚拟全真世界，所有现实世界的人都以数字身份参与这个世界"。对元宇宙世界仍旧理解不深刻的朋友，可以去观看电影《头号玩家》，这部电影中塑造的世界，就非常接近元宇宙世界。在《头号玩家》中，现实中的人可以通过戴上VR头盔和穿戴传感器设备，以全新的身份，进入名为"绿洲"的虚拟空间，在虚拟空间中，所有触碰都会通过传感器设备真实反馈给现实中的身体，这就意味现实中的人可以获得一切在虚拟世界中的感官体验，这就是元宇宙世界的特性。

有些朋友或许难以理解，将人工智能和元宇宙这种如此复杂深奥的概念用于儿童内容中，甚至作为儿童内容的主题，是否忽略了儿童的理解能力和接受能力。事实上，这种担忧是多余的。一方面，据笔者了解，当前，不少儿童甚至比父母更加了解人工智能和元宇宙，因为儿童群体对未知世界的好奇与兴趣往往超过成年人；另一方面，人工智能和元宇宙的未来发展，或许正要依靠这一代儿童群体的接力，越早接触，或许就能越早地在儿童的内心深处种下一颗梦想的种子。

目前，人工智能领域最重要的突破，在于从识别内容（包括文字、图片、视频）升级为创造内容，这样的突破不仅对人工智能自身的发展有着重要意义，对元宇宙的发展也同样有着重要影响。正如中国工程院院士、浙江大学教授潘云鹤所说："元宇宙需要两大基础，一是大量的识别设备，二是大量的视觉生成，这两样如今人工智能都可以为其提供，而元宇宙在仰仗人工智能的同时，也能推动人工智能自我进化的进程，可以说二者是"双向奔赴"的关系。我们不难想象，人工智能和元宇宙的结合将会为互联网带来新的局面，也将开创出新的研究空间和财富之路，而当代儿童群体作为这场足以影响未来的全新系统性变革的见证者，甚至还可能是 AI 和元宇宙未来发展和研究的参与者，有必要甚至说应当尽早地了解 AI 和元宇宙的概念。这样的题材和内容不仅能够满足儿童求知欲，也能激发儿童的探索欲，是兼具时代性、知识性和科学性的优质内容，也是当代儿童内容创作者的一大突破点。

> **链接：**
>
> 在新媒体时代，儿童内容的主题模式越来越丰富，涉及范围也越来越广，儿童内容创作者要想创作出具有时代意义的爆款作品，就必然要关注新时代下的火爆主题模式；同时，创作者应当在结合时代特色、基于儿童心理、关注审美需求和充分利用互联网技术优势的基础上，将儿童的小世界与时代的大主题进行融合，创作出更多的爆款作品。

第3章

内容分析：做对内容才能做出成绩

如果说，主题决定了作品的方向和高度，那么，内容就决定了作品的价值和质量。内容，一直是作品的灵魂，也是作品究竟能否打动人心、受到市场欢迎的关键。对于创作者们而言，在内容为王的新媒体时代，只有真正把内容做好了，才有可能做出成绩，打造出属于自己的爆款作品和IP。如何才能把内容做好呢？笔者发现在爆款儿童内容的背后，有一套切实可行的底层逻辑，可以为内容创作者们所用。

一 章节介绍

新媒体时代，各类平台百花齐放，儿童内容创作者并不担心找不到平台来展示自己的作品。然而，不分析其规则而随意选择平台，未搞清其特点而盲目创作，结果往往是一番努力如石沉大海，到头来白忙一场。对于创作者来说，不光要勤做内容、多做内容，还必须要做对内容、选对形式，这样才能在新媒体时代层出不穷的作品和数量庞大的信息中，拨开"云雾"，脱颖而出，让自己的作品见光，发光。

儿童内容多平台"绽放"

伴随着新媒体以其独特的优势在媒体市场站稳脚跟,各行各业的发展都不免受其影响,儿童内容领域亦是如此。在新媒体时代下,儿童内容在平台已然呈现出"全面开花"的景象,有声平台、短视频平台、直播平台以及多平台联合等,为儿童内容创作者提供了更多可能。

3.1.1 有声平台

在前述内容中,笔者为大家介绍了有声读物的由来和发展,以及有声平台在我国从初次尝试到反响平平,再到"后来者居上"的成长历程。事实上,不论是从有声读物的成长历程来看,还是从有声平台在当下的发展趋势来看,有声读物的出现和发展,以及"听书"这一接收内容的方式,都是时代发展规律下迎合人类需要的自然产物。

首先,有声平台的出现,解决了低幼儿童因为识字少和认知受限而无法自主阅读的问题,儿童群体尤其是幼儿群体,可以借助听书这一阅读方式,打开认识世界的大门。儿童群体尤其是幼儿和学龄前儿童,最大的特点之一在于文本认知有限,但感受力极强,他们在听书的过程中,能够通过故事本身以及围绕故事或内容而出现的声音,如溪流的声音、鸟儿的声音、蝉鸣的声音等,去汲取知识、感受自然和了解生活等。很多朋友对于"审美"有错误的认知，认为"审美"只能基于视觉、观感，这一认知是片面的。事实上，审美的培养和"审美愉悦"的获得，准确来说应该是基于人的一切感受和体验的，包括视觉感受和体验、听觉感受和体验、嗅觉感受和体验、触觉感受和体验等。因此，有声平台上的儿童内容部分，绝对是完全可以满足儿童学习知识、培养审美，以及获得审美愉悦和精神满足等一系列要求的。

其次，有声平台得以迅猛发展，还在于它在一定程度上代替了家长们的"育儿工作"。在仅有图书绘本的时代，有"育儿意识"的家长都是通过陪读的方式给孩子讲故事，让孩子了解知识、学习道理等。如今，"听书"这一内容传播方式，大大节省了家长的时间和精力，尤其对于职工家庭，这种方式可以在很大程度上缓解家长的压力。目前有声市场已形成一定体量的内容规模，而且绝大多数内容都可以直接看到订阅人数、听众评价等有利于帮助家长进行筛选的信息，如此一来，家长就不需要再多费精力去挑选和购入大量的儿童读物。目前来说，除了个别付费节目外，大多平台在用户开通付费会员后，都支持全内容畅听。

此外，随着包括手机在内的网络终端技术的发展，电子产品呈现出越来越先进、便携的特点。这意味着，依附于网络技术和电子设备的有声APP，也具备了"时间不限、地点不限"的特点，儿童可以随时随地"听书"，随时随地走进新故事，学习新知识，尤其是幼年儿童，由于年龄太小，缺乏自我控制能力，出门很容易出现哭闹、烦躁等行为，这时候家长如果能及时播放一段趣味十足的有声故事，对于吸引幼儿注意力、安抚幼儿情绪等都会起到明显的积极作用。对于家长来说，尤其对于年轻的新手父母来说，有声平台无疑是个"好帮手"。

最后，还有相当重要的一点，即对眼睛的影响，更准确来说是对视力的影响。儿童正处于成长发育过程中的关键阶段，眼睛的发育还没有完全成熟，相对成人来说，会更容易受到外界刺激的影响，如较长时间的强光、电子辐射等，对儿童的视力影响较大。因此，对于儿童群体来说，视力保护尤其重要，而有声APP则可以在一定程度上帮助儿童保护视力，这也成为诸多家长选择有声平台的主要原因之一。

综上所述，儿童有声内容的出现，极大地满足了当代父母的育儿需求与当代儿童的成长需求，在儿童内容市场中有着毋庸置疑的地位。

1. 综合性有声平台

综合性有声平台，主要指内容囊括多种类型、覆盖多个领域、为不同群体服务的有声平台。以喜马拉雅听书APP为例，它就是典型的综合性有声平台。作为目前国内发展最快、规模最大的音频分享平台之一，其内容生态十分丰富。从领域来说，平台设有小说、相声评书、历史、人文、畅销书、好书精讲、情感生活、个人成长等版块；从群体划分来说，平台上单独铺设了"儿童"版块，版块内有大量针对儿童群体打造的内容，包括科普、人物传记、名著趣读、哄睡故事等。

在有声市场中，喜马拉雅听书APP从上线至今，一直被公认为国内领先的音频分享平台。喜马拉雅团队将平台的使命和初心定为"用声音分享人类智慧，用声音服务美好生活，做一家人一辈子的精神食粮"。基于这样的经营理念，喜马拉雅一直致力于打造多元化、多领域内容，非常支持不同类型的创作者入驻，实现丰富的音频内容生态。

据统计，在喜马拉雅听书APP上，最受欢迎的主要是PGC、UGC和PUGC内容（PGC指专业生产内容，用来泛指内容个性化、视角多元化、传播民主化、社会关系虚拟化；UCG指用户生成内容，即用户原创内容；PUCG指专业用户生产内容，也称为"专家生产内容"）。事实上，行业内最早提出PUGC生产模式的是蜻蜓FM，但正式推广PUGC模式的音频平台，喜马拉雅是首位。简单来说，PUGC生态战略就是平台鼓励半专业创作者输出优质内容的举措。也正是因为PUGC模式的执行，喜马拉雅顺利挖掘并培养出了一批极具生产力的创作者，如幻樱空、头陀渊等主播。在这一模式下，一些社会名人也被吸引而来，如首都医科大学附属北京朝阳医院眼科主任医师陶勇、著名作家刘心武、体育解说员杨毅等，以及各行各业的精英人士等都入驻平台，为用户输出内容。

值得一提的是，PUGC模式现今已成为绝大多数有声平台的生态战略之一，而这样的生态发展战略，不仅对于这些名人创作者来说具有一定吸引力，对于"素人"创作者同样十分友好。喜马拉雅十分欢迎有演播理想、有创作热情的普通创作者入驻平台，并且付出了很多实际行动，去为这些无经验、无基础的新人创作者赋能。例如通过技术手段，喜马拉雅开发了一系列为创作者服务的实用功能，比如录音和直播功能，以及声音美化、变声、降噪、双声道等子功能，同时还支持文稿、图片、PPT同步展示，以及配乐和音效的自主匹配、选择等。另外，平台还提供云剪辑、AI文稿、音频转文字辅助剪辑、TTS（文字转音频）、智能封面、智能音量、主播打赏、博客托管升级等创作功能。这些功能极大地满足了创作者的创作需求，助力作品得到了更好的呈现。此外，喜马拉雅的"创作中心"版块，还会较为频繁地推出各种创作活动，通过现金、榜单荣誉、百万流量或平台帮扶等各种奖励，鼓励创作者参与活动。因此，对于创作者来说，如果想在喜马拉雅平台做好有声内容，一定要积极且充分地利用好平台功能和活动。

回归正题，对于儿童内容创作者来说，像喜马拉雅这种综合性有声平台，是否是上乘之选呢？笔者认为，目前仍是优选之一。数据显示，喜马拉雅听书APP上线的儿童类品质声音IP已超过20万条，儿童类节目的收听量在平台所有分类中排名稳居于前三，甚至一度成为平台收听率第一的领域。平台"儿童"版块主要为1—12岁的儿童群体服务，主要包括胎教内容、亲子内容、原创儿童有声剧、少儿教育等，而在儿童频道中，故事专栏播放量排名第一，这也是笔者多次重点强调"讲好故事非常重要"的原因。在喜马拉雅听书平台，包括《神探迈克狐》《神奇校车经典故事》《不一样的卡梅拉》《僧林密谈零零七》等在内的儿童故事，吸引了千万家长和儿童。

值得一提的是，喜马拉雅还针对儿童群体打造了"喜马拉雅儿童"APP，即将儿童内容单独拎出来，专门为儿童群体服务。一方面，喜马拉雅儿童版本的内容更加丰富，从中英文启蒙儿歌，到经典故事绘本，再到各大英语分级绘本资源等，可以满足不同年龄段儿童的收听需求；另一方面，这样更便于家长选择和进行合理设置，例如，在喜马拉雅儿童版本中，有"收听报告"和"词汇测试"功能，可以清楚地了解到孩子的收听时长、词汇量和学习能力水平等，尤其是在"收听时长"上，它不像综合性有声平台那样，容易出现因家长收听其他成人类节目而混淆时长的情况。同时，也很好地避免了儿童独自操作APP时，会听到一些不合适他们年龄的内容。另外，在喜马拉雅儿童版本中，还设有"专辑黑名单"，家长可以将自己认为不适合孩子收听的内容拉入黑名单中，这样孩子就看不到相关内容了；还可以设置"收听时长"，帮助家长们更好地把控孩子花在听书上的时间。

事实上，喜马拉雅儿童APP应属于在后文中提到的"单一性有声平台"，由于喜马拉雅儿童APP属于喜马拉雅听书APP的分支，且两者同属一个开发系列，因此笔者将喜马拉雅儿童APP放到此处介绍。

除喜马拉雅听书APP之外，懒人听书APP也是一个较为有名的大型综合性有声平台，由深圳市懒人在线科技有限公司开发，作为最受欢迎的移动有声阅读应用之一，目前用户已经超过一亿，且用户还在稳步增长中。懒人听书与喜马拉雅的相同之处在于其同样具有内容综合性，提供多类型、多领域的有声内容，包括小说、相声评书、儿童、广播剧、文学、财经、个人成长、历史、外语等，支持听书、听电台、听新闻等多样化选择。但同为综合性有声平台，懒人听书能积累如此之多的用户，占据一定的市场份额，必然有其专属的平台特色。

从内容上来说，喜马拉雅平台的综合性更强，主要在于其内容覆盖面更广，类型和领域更加丰富；而懒人听书平台的综合性相对弱一些，主要在于其内容侧重点较为明显，主要侧重于小说，这一特点对于懒人听书来说，既是劣势，亦是优势。从劣势角度来说，覆盖面丰富度较弱，相对喜马拉雅说，不容易吸引有多种内容需求的用户，因此用户积累量不如喜马拉雅。目前，喜马拉雅的主界面，会呈现多种类型和领域的内容，在包括内容检索、推荐等多个方面的用户使用体验上，要优于懒人听书。但从优势角度来说，由于懒人听书侧重于小说，平台上的小说资源十分丰富，对于单一小说爱好者而言，懒人听书无疑是更优选择，且一旦用户习惯使用该APP，用户黏性也更容易形成。

另外，2021年4月份，腾讯音乐娱乐集团召开了以"声·势"为主题的长音频品牌升级发布会，宣布将旗下的"酷我畅听"与懒人听书合并升级为"懒人畅听"。这一全新品牌的塑造，将资源优势进行了整合，不仅有利于腾讯音乐深入布局长音频领域，对于"懒人听书"平台而言，这样的资源整合和流量互动，也为其带来了更多的用户。

对于儿童内容创作者来说，喜马拉雅和懒人听书在"推荐"方面都没有侧重于"儿童"版块，且儿童内容针对的年龄段主要在0—12岁，13—18岁儿童可以选择的内容较少。但"儿童"版块在两个平台上都具有单独的版块标识，因此都具有一定的存在性。但从当下儿童用户的倾向性来看，喜马拉雅更具优势。喜马拉雅的儿童内容收听量远高于懒人听书，且喜马拉雅平台的儿童原创内容更多，对于原创创作者来说，喜马拉雅更为庞大的儿童用户数量必然会为其带来更多的机会和可能。笔者认为，创作者们在初尝试阶段可以多平台铺设，效果更佳。

笔者无意将市面上的综合性有声平台一一在本书中详细探讨，仅对当前较为知名的综合性有声平台进行一般性讨论、分析和比较，让大家初步了解综合性有声平台当前的内容生态现状。

蜻蜓FM，上线于2011年9月份，是国内首家网络音频应用，目前用户规模已经突破了4.5亿，生态流量月活跃用户量为1亿，日活跃用户为2500万。蜻蜓FM曾因为打造"知识经济"博客矩阵而成为行业焦点，也一度成为音频博客的标杆平台，以高晓松、蒋勋、梁宏达、张召忠这四位名人为中心的播客领域曾红极一时，当时推出的《矮大紧指北》《蒋勋说红楼梦》《局座讲风云人物》等内容广受关注，为蜻蜓FM带来了巨大的流量和收益。但近年来，随着这几位中心人物的"退场"，蜻蜓FM呈现出了"半隐居"状态，相对喜马拉雅来说，较少被提及，主要是因为其输出的精品量不多，给用户和市场的"惊喜"大不如前。但由于前期打造了不少优质、上乘的内容，且此前已积累了一定数量的用户，目前虽"露面"较少，用户增长放缓，但其仍有一定存在感。

蜻蜓FM上的儿童内容数量还算乐观，1—3岁、3—6岁、6—9岁、9—12岁各阶段，都有大量内容可供选择。蜻蜓FM还用实际行动表达了平台对"儿童"的重视，如：专门打造了与平台名称联动的"蜻蜓飞行队"系列，第一季《蜻蜓飞行队：打不倒的勇敢少年》上线两个月后播放量超过500万，多次稳居儿童新品榜、热播榜第一，在笔者创作本书之际，该系列已经更新至第二季——《蜻蜓飞行队：挑战不可能》。值得一提的是，在蜻蜓FM的"儿童"版块，有"绘本馆"一栏，点击进入"绘本馆",会跳出"KaDa阅读"相关链接(KaDa阅读是一款少儿阅读平台应用),这种联动、互推的合作设置十分有趣。

晚于懒人听书、与喜马拉雅同年上线的"荔枝"有声平台,与喜马拉雅和懒人听书都有所不同,喜马拉雅以PUGC模式为主,懒人听书以PGC模式为主,而荔枝则是以UGC模式为主。荔枝较为特别的一点还在于听书用户的男女比例,喜马拉雅、懒人听书的听书用户男女比例都接近于1:1,而荔枝的听书用户中,女性占比较高,男女比例在4:6。荔枝APP侧重于情感类节目,有关恋爱、婚姻、生活等内容比较多,且绝大多数内容情绪性特征明显,由此吸引了较多正处于这一阶段的年轻人,尤其是年轻女性,这些用户试图从这些内容中找到共鸣和慰藉。

与其他综合性有声平台不同的是,荔枝APP并没有单独设置"儿童"版块,而是以"亲子"标识代替,内容分类相对笼统,既没有根据具体的年龄段进行分类,也没有明显的类别标识,如该页面的置顶推荐位置显示的是"人气主播好故事",内容的随机性过强,类别导向性较差。目前,在荔枝APP上,儿童内容的收听量较低,对于创作者来说,从荔枝APP儿童内容版块当前的状态来看,成长空间较大,且竞争相对没有那么激烈,但由于现有儿童用户规模小,有一定的局限性。

目前,为顺应新媒体生态环境的发展形势,喜马拉雅、懒人听书、蜻蜓FM和荔枝这四个综合性有声平台都开设了"直播"功能。也就是说,目前这些平台上的内容,既有音频播客的形式,也有音频直播的形式。这意味着对于创作者而言,有了更多的施展渠道和机会,但不论选择哪一种形式,或者两者兼具,最终都需要创作者输出有价值的故事、观点或知识，儿童内容创作者尤其需要"讲好故事"。好故事，包括了好的主题、好的情节、好的内涵、好的教育等多方面的优质性，然后汇总体现在优质的内容和恰当的形式上，因此要想"讲好故事"，就要搞清楚如何做好内容、确定好表达形式，这样才能做出真正得到家长认可、儿童喜爱和市场支持的好作品、爆款作品。

2.单一性有声平台

单一性有声平台，顾名思义，指内容类型单一、具有极强针对性和服务性的有声平台。笔者在本书中讨论的是儿童类单一性有声平台。

提到儿童类单一性有声平台，必然要讲到"凯叔讲故事"。作为中国儿童内容领域的优质品牌，"凯叔讲故事"在喜马拉雅、懒人听书等综合性有声平台上线，迅速积累了大批量粉丝后，于2014年4月21日正式创作，前后相差仅1~2年。与喜马拉雅、懒人听书等不同的是，"凯叔讲故事"专注打造中文领域的优质原创儿童内容，主要为0—12岁的儿童提供音频、图书及衍生产品，致力于打造"孩子喜欢，家长信赖"的儿童优质内容专业服务，目标是成为陪伴一代代中国人的童年品牌。

如今看来，"凯叔讲故事"要实现这一目标，并非难事。据统计，截至2022年，"凯叔讲故事"APP累计播出的儿童音视内容已超过30000条，全站总播放量超过145亿次，用户平均日收听时长达到了70分钟，总用户超6000多万，被推荐为"中国孩子的故事大全"。需要说明的是，这一赞誉并非仅来自粉丝和用户，还来自多个大型节目和官方平台，如热门综艺"声临其境"

"中华好诗词"等综艺性和专业性节目。另外，自上线以来，"凯叔讲故事"获得多项荣誉，如2018年获得了伦敦书展国际出版业卓越奖"有声书出版商奖"提名，与企鹅兰登书屋等老牌世界出版业巨头同时被提名，成为有声书奖三大入围者之一，也是亚洲唯一一家入围的有声平台。值得一提的是，这是国际书展首次设立有声书奖，这意味着有声书成为出版行业新的风向标。关于"凯叔讲故事"的更多细节，笔者之后将一一分析，如内容方面的亮点、一系列变现操作等，希望为创作者们提供一些切实有效的参考。

"凯叔讲故事"并非唯一的儿童类单一性有声平台，在其上线一年多以后，杭州红花朵朵网络技术有限公司于2015年10月也上线了一款专为儿童群体服务的内容平台——KaDa故事（现更名为KaDa阅读）。KaDa阅读是一款儿童绘本阅读APP，致力于满足0—12岁儿童的阅读和启蒙教育需求。KaDa阅读上线后的次年，即2016年6月，中央"十三五"规划提出加快推进教育信息化，鼓励充分利用市场机制建设优质数字教育资源；紧接着，2017年1月，国务院《关于实施中华优秀传统文化传承发展工程的意见》又指出，以幼儿、小学、中学教材为重点，构建中华文化课程和教材体系，编写中华文化课程和教材体系，开展"少年传承中华传统美德"系列教育活动，创作系列绘本、童谣、儿歌和动画等。这一系列政策引导，无疑给儿童绘本行业带来了更多机会和空间：一方面，政策的支持助力了这些儿童内容平台的发展；另一方面，政策的引导也促使了校园方面对这些软件的关注，例如老师们会更加关注这些平台，也会把它们推荐给家长和孩子。

在这样的形势下，KaDa阅读迎着"顺风"前行，用户注册量直线攀升，2022年用户数量已超过4000万，累计用户播放量已超过100亿，且平台与海内外300多家内容机构达成了版权合作。从数据上来看，KaDa阅读虽逊于"凯叔讲故事"，但已具备进入第一梯队的实力。目前，KaDa阅读的页面相对来说较为简洁，除了"推荐"版块外，只有三个版块标识，即"绘本""课程"和"听书"，主要为儿童提供"看绘本、听故事、学知识"三大产品服务。目前累计上线有声绘本20000+，听书内容15000+，学习课程15000+，可以满足儿童的阅读、听书和课程学习需求。遗憾的是，平台机制对创作者来说不算友好，与"凯叔讲故事"一样，KaDa阅读并不支持个人或团队在平台上"创业"，但在内容形式上却有诸多值得借鉴之处，后文中会进行分析。

另一款儿童有声故事平台——上海童锐网络科技有限公司推出的"口袋故事"，与"凯叔讲故事"和KaDa阅读对个人创作者的态度有所不同。口袋故事同样是面向0—12岁儿童的音频播放类APP，平台内容丰富，儿童古诗、儿歌、英语、国学、广播剧等应有尽有。平台内容来源分为两种：一种是与儿童文学作家和出版社合作的内容，例如经典动画片《大头儿子和小头爸爸》、经典名著系列《少儿版西游记》，还有动物小说大王沈石溪的作品《最后一头战象》、儿童幻想小说作家彭懿的作品《夏蛋蛋系列》、中国首位迪士尼签约作家杨鹏的作品《装在口袋里的爸爸》，以及科普故事书《酷虫学校》等。因来源可靠、内容优质，受到不少家长的好评。另一方面，口袋故事开设了"创作者中心"服务功能，面向所有内容创作者征集适合0—15岁儿童的优质内容，并且通过流量支持、分润支持、服务支持等鼓励创作者们加入。对于有一定创作能力的非纯新手创作者，这无疑是一个不错的选择。

"凯叔讲故事"、KaDa阅读和口袋故事，在内容选择上主要倾向于为0—12岁儿童服务，而由得到APP团队出品、于2018年上线的"少年得到"，则与这三个平台有些不同，"少年得到"专为5—15岁儿童群体提供学习服务，内容方面相对更成熟，侧重于学科知识和应试。例如，在少年得到APP平台上，有北京四中、人大附中、北师大附中、101中学等众多名校特级教师，帮助青少年儿童梳理各学科知识点和考纲重点，合作的内容产出者也不再局限于儿童文学作家，而是集结了各领域的精英大咖，比如薛兆丰、怀沙、鲍鹏山、李鹏飞、郝广才、林欣浩、邢立达、徐来、杜萌若等各个知识领域的名师、高手。

在少年得到APP平台上，许多内容不仅有利于激发孩子学习兴趣，指导孩子学习方法，延伸课堂教学，拓展知识边界，还能够帮助有强烈求知欲和探索欲的孩子达成深度理解，助力课后自学，满足升学需求，构建完整的知识体系……毫无疑问，这样的内容对创作者的专业素养提出了更高的要求。针对年龄较大的儿童，如青少年儿童和少年儿童，仅提供具有想象力和趣味性的故事已经难以满足他们的学习需求，因此需要创作者提供更多的知识价值。尽管少年得到APP并不支持个人创作者上传作品，但其内容的价值性仍值得创作者们学习和借鉴，尤其是对为大龄儿童服务的内容创作者而言。同样的，值得学习和借鉴之处，笔者会在后文中分析。

> **链接：**
>
> 　　如果说，在整个有声平台市场中，综合性有声平台占据了半边天，那单一性有声平台就占了另外半边天。随着新媒体的高速发展，越来越多的个人或资本意识到儿童内容前景可观，儿童内容市场的竞争性也迅猛增加，这使得更具有市场竞争力的单一性儿童有声平台应运而生。对于家长和孩子而言，单一性儿童有声内容平台显然更具"诱惑力"，主要在于资源更加丰富，搜索更加便捷，且有效避免了儿童接触成人类内容的可能。对于创作者来说，从这类平台上的内容分布和数据中，不仅能够更直观地了解到儿童有声内容的现状，对于个人的作品创作方向、内容表现形式等方面的选择，也有一定的启发。

3.1.2 视频

与阅读和听书相比，视频可以提供更为丰富的体验。阅读刺激的是视觉，有声刺激的是听觉，而视频则可以两者兼具，且因为视频是动态展示，音像同步，会让人在观看体验上感觉更加直接、具象。目前，视频可以分为长视频、中视频和短视频，在时间长度的区分上有多种说法，但一般认为，长视频时长在30分钟以上,中视频时长在1分钟至30分钟(西瓜视频总裁任立峰曾公开支持这一说法,抖音平台也将中视频定义为"1分钟以上的视频"),短视频时长在1分钟以内。其中,短视频也被叫作"微视频",微视频又称视频分享类短片,是近几年开始兴起的视频短片统称。微视频一般是个体在互联网平台播放共享,用手机、电脑、摄像头DV、MP4等多种视频终端摄录制作的视频,视频的时长可长可短,长的一般能达到20分钟,短的在几十秒钟,且内容形式丰富多样,包括小电影、纪录短片、DV短片、视频剪辑等。微视频的特点(也可以说是短视频的特点),主要以"短、快、精"为主,具备参与性、随意性、互动性、娱乐性、大众化的特征,这正迎合了当代人浅阅读、娱乐化、感性化的阅读期待。

从表现形式上来看,长视频和中视频多为横屏模式,短视频多为竖屏模式。从内容方面来看,长视频主要是电视剧、电影和综艺节目等,中视频则多以知识科普、迷你剧为主,而短视频多为节奏快的碎片化生活内容和娱乐内容。从承载平台来看,长视频主要出现在爱奇艺、腾讯、优酷、芒果等大头部为代表的在线视频平台,而中视频和短视频主要出现在以抖音、快手等大头部为代表的在线视频平台。目前,长视频领域的儿童内容主要有动画电影、长动画系列剧等,中视频领域的儿童内容主要有短动画系列剧、知识科普、儿歌等,短视频领域的儿童内容主要有围绕大IP生产的系列小故事、睡前小故事等。

1.长视频平台

笔者在前文中已经提到,目前,长视频主要出现在优酷、爱奇艺和腾讯视频这类大型在线平台上。以优酷为例，在优酷首页界面设有"少儿"版块，版块内容丰富、搜索便捷，按照地区、类型、分类、年龄、付费类型和综合排序，为用户提供精确的筛选引导。例如：按照地区，可分为中国、美国、英国和其他国家；按照类型可分为动画、儿歌、玩具、动画电影、绘本故事、真人、少儿综艺、亲子、探索纪实等；按照内容分类分为益智、冒险、幽默、机甲、公主魔法、交通工具、恐龙、励志、友情、战斗、校园、科幻、童话等；按照年龄可分为0—2岁、3—4岁、5—6岁和7岁以上；按照付费类型可分为免费、付费和VIP；按照综合排序可分为最新上线、最多播放、最多评论和最多收藏。平台的儿童内容资源丰富，基本上可以满足全年龄段儿童的需求。

包括优酷、腾讯、爱奇艺在内的一众在线视频平台，都有大量用户基础，尤其是以90后、95后为代表的"追剧一代"，对这类平台的"忠诚度"较高，付费用户数量也较为乐观。而当90后、95后成为父母以后，出于对这些平台的熟悉和依赖，他们在这类平台上为孩子挑选内容也是自然而然的事情，而且这类平台也有相应的儿童模式设定。例如优酷的设置页面，就有"青少年模式"这一选项，家长开启以后，会同步启用"时间管理，防止沉迷"功能，默认每天40分钟为观看时长上限，超时则不能继续观看内容，且默认每天晚上10点钟至次日早晨6点钟无法使用，家长也可以根据实际情况进行调整；另外，还会启用"分龄定制，精准推荐"，细分各年龄段的内容，满足不同年龄孩子的成长需要；且首次开启该模式时需要设置独立密码，家长在设置密码后，可以防止孩子有意或无意地自行关闭该功能，从而接触到不当内容。除优酷外，其他大型在线视频平台也同样以实际行动为孩子的成长"保驾护航"，例如腾讯视频的"全新青少年模式"，开启后，不仅会出现"固定入口"，在个人中心页面的顶部可以快捷进入，还可以过滤广告，推荐高分儿童内容等，另有家长控制时长、监督管理等常规功能。

就目前而言，这类大型视频平台环境对于家长来说具有一定的吸引力，尤其对于使用这类视频平台频率较高的年轻父母来说，更是如此。值得一提的是，随着短视频的迅速火爆，这些大型长视频平台也早已打开了"短视频的大门"。如腾讯视频，进入APP后，最底部的五个版块选项分别为"首页""短视频""VIP""热议""我的"，可见这一类大型平台已经实现了长视频、中视频和短视频融合的多生态环境，对于儿童内容创作者来说，这意味着在平台选择上少了局限性，有了更多可能性，有利于实现一个内容IP的多形式创作和展现。

2.短视频平台

新媒体时代，互联网传播广、大数据推送精确等特点，让无数儿童文学作品通过声像与用户形成了互动，儿童文学从纸质书籍走向声像结合的视频是时代发展的必然结果。文字的可视化、动态化，极大地提升了作品的呈现效果，尤其是儿童文学作品，通过视频展现出来，对于儿童来说显然更具吸引力，也能帮助儿童更直观、迅速地了解故事的情节，看清人物的性格，明白其中的道理和知识等，并且还能在一定程度上"解放"家长的时间，因此家长们也乐于让孩子通过观看视频的方式来学习或娱乐。然而，随着社会的进步，家长们对教育的重视程度越来越高，孩子沉迷于观看视频是他们最为担忧的事情。例如，一些孩子在看动画电影或动画剧集时，经常出现"看了一集又一集""电影不看完不罢休"的情况；然而，绝大多数动画电影的时长将近有两个小时，最少也有一个半小时，多则能达到两个半小时甚至以上，电视剧集虽然相较于电影来说时间较短，但每集时长也一般在20分钟左右，且经常在一集结尾时留下悬念，一些自控力不足的孩子往往会在无人监督的情况下"沉迷其中"；而一些有家长监督但自控力不足且较为叛逆的孩子，也会以哭闹、抗拒等形式与家长正面"叫板"，给家长们带去了很大的困扰。

笔者始终认为，有问题就有解决方案，有需求就有相应的产品，当一些家长被这些问题所困扰时，"短视频"的出现和走红显然为他们带来了新的思路。以抖音为例，抖音上的儿童内容不在少数，据不完全统计，视频时长为1分钟以下的占30%，视频时长为1~3分钟的占50%，视频时长为3~5分钟的占15%，视频时长为5分钟以上的占5%。值得一提的是，这些视频中的故事呈现效果似乎并未受到时长的影响，短短几分钟显然足以使故事得到完整的呈现，加上声像配合，其画面感和互动性令人惊喜，最重要的是，这样的时长显然更能解决当代父母对于孩子沉迷视频的困扰。另外，从抖音上的儿童内容来看，绝大多数创作者或创作团队并不执着于每个视频之间的"承上启下"，一般来说，在同一个儿童内容账号下，创作者或创作团队会致力于在满足一定逻辑性和大故事背景的前提条件下，保持每个视频都有独立故事和主题的状态，旨在持续向儿童用户输出新的价值，比如知识、技能或道理等。儿童短视频内容的这一特点，对防止孩子因"追根心理"而陷入沉迷有很大帮助。

事实上，早在2019年，短视频就已经步入发展正轨，移动互联网大数据公司QuestMobile发布的《2019短视频行业半年洞察报告》显示：短视频行业风头正茂，用户规模超过8.2亿，同比增长32.3%，这意味着每10个移动互联网用户中就有7.2个在使用短视频产品。

在这样的发展背景和发展前景之下，短视频成为无数自媒体人创业的首选形式，抖音、快手等短视频平台吸引着大量的自媒体人，这其中自然也包括儿童文学领域的专业人士，以及非专业人士。值得一提的是，很多非专业人士也凭借着自身的努力进入了该领域的网红大咖行列，拥有大量黏性强的粉丝，这些粉丝不仅会关注他们定期更新发布的短视频，通过点赞、评论、转发等为其增加流量和热度，还会因为忠诚度和信赖感不断购买、消费他们推荐的商品。

自2019年年末开始，至2022年年末，这期间疫情肆虐，停课成为"正常现象"，孩子们居家学习的时间大量增加，获取娱乐的方式减少，例如户外活动、同伴玩耍等。在这样的情况下，可以学习知识和获得乐趣的第三方渠道尤为重要，这也是疫情催生儿童内容大增长的主要原因之一。基于此，笔者认为，疫情尽管对诸多行业造成了或多或少的负面影响，但儿童有声内容领域或是"例外"，反而在这期间得到了更多的关注和市场。以儿童短视频内容为例，一些家长甚至出现了"两副面孔"——疫情之前抵触，疫情之后依赖。而如今积累了大量用户的儿童短视频领域,对于创作者们来说,无疑又是一片"沃土"。

3.微信视频号

伴随着短视频的兴起和迅猛的发展势头,越来越多的头部企业或社交平台,为了抓住用户或为了"分一块蛋糕",或两者兼具,也开始进行短视频布局。例如,2020年1月22日,腾讯公司就正式宣布开启微信视频号这一平台的内测活动,于当月月底开始在小范围内进行正式内测;同年6月份,视频号进行大规模改版,首页分为关注、好友点赞、热门、附近四个入口,分别对应兴趣、社交分发、算法、地理位置推荐;同年12月,微信视频号的个人资料页新增了"微信豆"项,"微信豆"可用于购买视频号直播中的虚拟礼物,对主播进行赞赏和支持,而获取微信豆的方式则是最为直接快捷的"人民币充值"。2022年1月,微信视频号上线了付费直播间后,微信豆可用于直播间付费观看。2022年7月,微信视频号推出"视频号小店"服务,并优化了视频号橱窗的使用规则;同年8月份,视频号开放个人申请直播专栏,这些举措对于创作者来说,无疑都是实打实的好消息,而好消息还远远没有结束。2023年3月份,视频号公布了包括付费订阅功能、原创权益扶持等多项产品计划,未来将支持创作者设立付费内容专区,同时提供包括评论区广告分成、原创内容保护等功能,助力更多创作者收入的提升。需要明确指出的是,微信视频号创作分成计划并非仅仅停留于设想阶段,2023年4月份该计划已经正式上线,计划规定有效关注人数或粉丝数不低于100人,并且其内容符合规范的优质原创者可以申请加入。毋庸置疑,这对于创作者们来说又是一个大"惊喜",意味着创作者们通过视频号实现变现的概率大大增加。值得一提的是，通过微信视频号发布的内容还可以带上文字链接和公众号文章链接，且不需要进入PC端后台，可以直接在手机上发布，这对于一些同步更新公众号内容的创作者来说，具有相互引流的优势。

目前，微信视频号被放在了微信的"发现"页内（在朋友圈入口的下方）。它的定位是"一个全新的内容记录与创作平台，也是一个了解他人、了解世界的窗口"。在微信视频号平台，人人都可以成为创作者。视频号的内容主要以图片和视频为主，与市场上很多短视频平台不同的是，微信视频号对视频时长有明确要求，即不超过1分钟；与大多数短视频平台相同的是，视频号内容支持点赞、评论和转发分享至个人朋友圈。据统计，2022年微信视频号总用户使用时长已经超过了朋友圈总用户使用时长的80%，其中，视频号直播的看播时长增长了156%，直播带货销售额增长了800%。可见，微信视频号正以"后来者"的姿态奋力追赶，成为创作者们的又一理想选择。

对于儿童内容创作者们来说，笔者需要提醒三点：

第一，微信视频号平台当前的儿童内容账号数量相对于其他视频平台来说较少，且大V账号几乎是空白状态，另外，现有的儿童内容账号的浏览量也很低，这意味着竞争力低、发展空间大，一些新手创作者们可以考虑在微信视频号逐步做出影响力，成为该平台最早一批的大账号；第二，微信视频号平台当前的儿童内容用户数量比较少，创作者尽量不要选择单渠道发布内容，可以多渠道发布内容，互相引流；第三，用户数量少意味着前期的浏览量、点赞评论量、转发量等都不会太理想，创作者需有恒心，坚持做好内容，并保持更新频率。同时，可通过朋友圈进行宣传，初期也可烦请亲朋好友、同学同事等帮忙转发，提升热度，为账号打开局面。

> **链接：**
>
> 　　新媒体时代的到来和互联网技术的发展，催生了有声内容和视频内容的发展，而有声内容和视频内容的出现，又为儿童群体带来了新的内容体验。从过去在睡前听爸爸妈妈讲故事，父母陪读或自行阅读绘本图书，到如今随时随地、自由选择听自己感兴趣的内容，跟着声音和音乐，体会故事的乐趣；另一方面，视频也为儿童带来了全新的感官体验。对于儿童内容创作者来说，意味着有了更大的发展空间。

3.2　大流量儿童有声节目内容分析

笔者多次提及，新媒体时代，内容为王。内容，又与流量息息相关，内容越优质，流量越大；反过来说，流量越大，也意味着内容具有不可替代的优质性。对于创作者来说，要做出优质的内容，势必要搞清楚到底什么样的内容算得上是优质内容，优质内容又是如何打造的。

笔者无意否认对"凯叔讲故事"的偏爱，但在后文中将其作为重点分析对象，并非源于个人喜好，而是因为"凯叔讲故事"

的确具有令人信服的实力。作为儿童有声内容的优质品牌之一，"凯叔讲故事"自正式上线至今，其发展态势十分乐观。不论是用户的积累效率、产品的衍生开发，还是多渠道、多模式的新项目开发与合作，成绩在儿童有声领域都是名列前茅的，这离不开内容运营背后那些值得深入探讨的"神操作"。

以品牌定位为例，最早是通过"凯叔"这一父亲的站位来讲故事，受众群体是10岁以下的儿童，后更新为0—12岁。品牌创办之初，曾有投资人表示给儿童讲故事这一想法并不可取，该投资人认为，世俗意义上都认为最应该给孩子讲故事的是父母，怎么能取代父母的角色去做这件事情呢？面对这样的质疑，凯叔团队思来想去，最终坚持了"给孩子讲故事"这一品牌定位，因为凯叔团队认为，"听故事"是孩子们的刚性需求，而"讲故事"则是父母的刚性需求。当前，中国大多数家庭都是双职工家庭，家长每天下班回到家已经十分疲惫，如果孩子还要闹着让他们讲故事，很多家长都会感到"心有余而力不足"。可见，"听故事"和"讲故事"都是高频需求，而且都是刚需，这就意味着"凯叔讲故事"的存在是有意义的，也是符合市场商业逻辑的。基于此，"凯叔讲故事"正式进入大众的视线，此后，靠着"差异化"竞争，"凯叔讲故事"在激烈的竞争市场中存活下来，并且活得很好。那么，差异化竞争究竟体现在哪些地方？又是如何一步步将"凯叔讲故事"推向成功？喜马拉雅上的爆款作品来源何处？荔枝为何惹上侵权官司？笔者将在后面的章节中进行具体分析。

3.2.1 坚持"儿童本位论"

儿童本位论，是与"社会本位论"相对的一种观点，即：主张教育的目的应根据儿童的本性需要来确定，一切以儿童为中心，其他人或事物必须服务于儿童利益的理念和观点。正如周作人1913年在《丹麦诗人安兑尔然传》一文中写道：以小儿之目观察万物，而以诗人之笔写之。事实上，"凯叔讲故事"的成功与凯叔团队坚持"儿童本位观"直接相关。从最初成立品牌，到具体的节目内容，凯叔团队始终坚持站在受众角度，即站在儿童的角度去看待世界、理解问题，然后根据儿童的思维逻辑来构思故事情节，做到寓教于乐，贴近儿童的游戏性本性，让儿童在获得愉悦感的过程中学到知识和技能，树立正确的三观等。

事实上，当下很多创作者的局限并不在于其讲故事的能力，而在于因缺少与儿童接触、相处而导致对儿童了解的不足。凯叔的优势在于他本身就是一位父亲，在"凯叔讲故事"正式创办前，凯叔本人就经常给女儿讲故事，也正是与女儿讲故事和沟通交流的过程中，凯叔发现儿童的思维和成人完全不同。儿童由于知识结构不完善，不会像成人一样安安静静地接收内容，他们会对一切自身认知库以外的知识提出疑问。例如，凯叔曾提到，在给女儿讲《西游记》的时候，讲到了水帘洞、瀑布等情节，女儿会一直问什么是瀑布，如果得不到解答，就会失去继续往下听的耐心和兴趣，此外，如果有任何语言细节上的含糊或不当，女儿也会扭头就走，不愿意再往下听。

对此，凯叔经过一番摸索，找到了解决的方式——将女儿提出的问题记下来，然后给出科学的答案，并且将这些答案全部融合到故事情节中。这样一来，就可以在孩子提出问题之前讲出答案。如此反复之后，凯叔越来越了解儿童的思维和心理，逐渐可以做到在孩子还没提出问题前就提前代入孩子的角色，将一本书完全按照儿童思维进行语言上、情节上的调整，做到了"能解释的都解释清楚"，让孩子们顺利进入情节当中，这就是《凯叔·西游记》第一部能做到让三四岁的孩子听起来毫无情节障碍的主要原因，也是《凯叔·西游记》系列成为爆款的核心所在。

另外，凯叔及其团队在对《西游记》进行重新整理和创作时，非常注重生动性和趣味性，而这也是吸引儿童群体的关键。例如，在《凯叔·西游记》中，凯叔在以唐僧、孙悟空、猪八戒、沙僧的口吻说话时，会根据每个人的性格特点，做出不同的声音变化，让儿童在听故事的过程中就能感受到唐僧的善良和唠叨、孙悟空的勇敢和冲动、猪八戒的贪吃和懒惰、沙僧的老实和顺从……《凯叔·西游记》不只是单纯地给孩子们灌输故事，而是致力于通过生动形象的声音，将每一个人物"演活"，让每一个人物的形象、每一段故事的情节，都活灵活现地出现在孩子们的脑海中。这些都是只有真正站在儿童的角度思考，真正理解儿童对故事生动性和趣味性的需求，才能做出的优质内容。另外，从价值观梳理、演绎播讲、后期制作等方面来看，这些故事的"音像化"处理，都是以儿童为本位的文学再生产（关于"文学再生产"的问题，笔者在后文中将会介绍）。由此可见，对于创作者和创作团队来说，坚持"儿童本位论"，是做好儿童内容的关键。

3.2.2　原创+创新=成功的一半

"凯叔讲故事"的实力，不只在于对"儿童本位论"的坚持，还在于对原创故事和创新内容的坚持。一些朋友认为"原创"和"创新"是一个意思，其实不然。一般来说，有声平台的内容可以分为原创内容和录制内容。原创内容指的是故事专辑内容的创作者和录制者都是发布者本人，而录制内容指的是发布人并非故事创作者，是将他人创作的内容录制下来，如录制他人创作的绘本、童话故事书、名著等。"凯叔讲故事"则打破了"原创+录制"这一模式，开启了"原创+创新"新模式。"凯叔讲故事"上线后，迅速搭建专业团队，一方面致力于打造纯原创故事，即前文所述的原创内容，一方面致力于做好文学再生产，即引入他人的内容时不直接录制，而是进行多方面的改编和创新。"凯叔讲故事"就是通过纯原创故事的打造和文学再生产内容的多方面创新，合力推进节目和作品实现品牌化、经典化，一步步走到了今天。

如《口袋神探》《麦小米的100个烦恼》《神奇图书馆》《安全帅小队》《凯叔365夜》等均属于纯原创故事，且都已成为儿童内容领域中的爆款。这样的成绩并非运气使然，也不完全归功于团队的宣传，归根究底还是因为内容精良，不论是文字、演播、配乐，还是故事本身的趣味性、时代性、严谨性，都具备了成为爆款的实力。以《口袋神探》为例，这是一套专门为小学生量身定制的中国原创科学侦探故事系列，讲述的是长江边的梧桐镇上一个9岁的三年级男孩——艾小坡的故事。艾小坡是一个热衷于破案的小神探，他的搭档是一个因为星际穿越而误入地球，需要不断动脑筋赚能量给飞船充能、争取早日回到自己星球的外星人——鸡飞飞。在两人作为侦探组合不断侦破各种神秘案件的日子里，发生了许多或新颖有趣、或美好温暖、或扣人心弦、或发人深省的故事。这些故事不仅仅推动着主线——鸡飞飞通过开动头脑积攒能量，从而回到母星球——的发展，还输出了很多其他价值，如故事中包含了大量包括生命科学、物质科学、地球和宇宙科学、技术与工程知识等在内的科学知识，让儿童用户既能保持兴趣，跟着主线情节一直往下走，也能不断收获新知识，提高科学素养。最重要的是，这种既有趣又充满悬念的故事，还能够在无形中引导孩子们主动思考，跟着主人公一起学会观察、发现、推理和破案。

而《凯叔·西游记》《凯叔·三国演义》《凯叔·红楼梦》《凯叔·水浒传》《凯叔·声律启蒙》等属于文学再生产的内容，但和市面上一些内容搬运或小幅度改动的节目不同，"凯叔讲故事"对这些文学再生产内容的创新性十分重视。以《凯叔·红楼梦》为例，凯叔团队花费了大量时间和精力进行改编，既保留了原著的内容核心和遣词造句的特点，又过滤了不适合孩子阅读的偏成人化内容，在尊重原著的前提下，以更加亲近儿童、符合当代儿童特性的语言表达新方式、故事情节推进新方式、人物性格体现新方式等，与儿童群体"见面"。

另以《三国演义》为例，由于原著内容中有许多血腥、暴力的情节，同时整个故事的时代背景长达百年，且人物数量庞大、人物关系复杂，对于儿童群体来说，尤其是幼年儿童和学龄前儿童，要了解《三国演义》的故事根本不现实。为了解决这一问题，凯叔团队首先摒除了原著中过多的故事支线和琐碎的细节，删减了血腥暴力的情节，然后将文言文转化为简单易懂的有声口语化叙述方式，让儿童更易于接受，同时也融入了许多诗词典故，让孩子在听故事的过程中，也能学习诗词，了解典故。最后，通过重点把握一些能够反映出历史文化的精彩章节和经典人物，来串联起整个故事：一方面，让儿童能够听得进，感兴趣；另一方面，也体现了原著中英雄豪杰的精神，保留了原著的"味道"。除此之外，为了进一步启发孩子的好奇心，满足儿童群体特有的求知欲，凯叔及其团队还策划了涵盖天文地理、生活起居、车马兵器、奇闻逸事的"彩蛋"，如《三国里的博物学》就深受儿童群体的喜欢，其趣味性、知识性也得到了家长用户们的一致好评。

对于创作者来说，不论是个人还是团队，要做好儿童内容，不妨借鉴凯叔团队的做法——纯原创内容精良化、文学再生产内容创新化。

3.2.3 善用公版资源

我们知道，知名儿童IP本身自带流量，如果引用得当，会更容易受到关注，吸引流量，但这样的做法往往会导致创作者"前期笑，后期哭"。一些创作者，特别是一些素人、新人创作者，希望借助一些知名儿童IP的自身流量和粉丝基础，来为自己引流、吸粉，但却忽略了著作权的问题，甚至一些创作者还会"明知山有虎，偏向虎山行"，抱着侥幸心理开始个人的儿童内容账号的"知名儿童IP引进之路"。这样做的结果是什么呢？有两种。一是账号没有成长起来，二是账号火了。前者意味着账号的失败，而后者往往意味着著作权纠纷的到来。

笔者先解释一下著作权，根据《中华人民共和国著作权法》，著作权指作者对其创作的文学、艺术作品所享有的权利，包括发表权、署名权、修改权、复制权、出租权等。而与著作权密切相关的另一概念为"著作权保护期"，即"作品创作者对其创作的作品享有的权利在一定时间内受到保护"。公民作品的著作权保护期为作者有生之年及其死后50年，也就是从作者去世后第二年开始计算，到第50年结束；如果是合作作品，则截止于最后死亡的作者死亡后第50年的12月31日。简单来说，著作权保护年限一般为作者死后的50年。因此，对于一些新人创作者来说，如果不具备引用现当代创作者作品的现实条件，比如：在无法获得其版权的情况下，可以先选择引用一些不涉及侵权问题的作品，如凯叔团队改编的四大名著系列，因作者故去年限早已超过50年，原著不存在任何著作权纠纷问题，属于公有领域的知识成果。创作者引用原著内容加以创作，甚至直接搬运原著内容都可以。而如果要引用一些现当代创作者的作品，如喜马拉雅听书平台的《米小圈上学记》《米小圈睡前故事》《爆笑米小圈》等爆款IP作品，其著作权属于中国当代作家北猫，喜马拉雅听书平台引进该IP打造儿童内容节目，是经由北猫授权的。早前，荔枝听书平台就因上线了四季《小猪佩奇》音频，而被小猪佩奇的著作权所有方——艾斯利贝克戴维斯有限公司、娱乐壹英国有限公司提出诉讼，其认为荔枝平台上线的节目内容侵害了著作权所有方的信息网络传播权。最终，法院判决荔枝所属公司——广州荔枝网络技术有限公司在判决生效之日起10日内赔偿原告艾斯利贝克戴维斯有限公司和娱乐壹英国有限公司共计人民币78000元。尽管荔枝所属公司辩称侵权声音皆为用户所上传，公司并无主动审查作品来源的法定义务，法院最后仍坚持原判（内容源自"天眼查"）。该事件发生以后，包括荔枝在内的各大有声平台为维护平台秩序，杜绝此类事件发生，都进一步加强了对创作者所上传内容的审核。这意味着对于创作者来说，选择未经授权的作品发布或进行内容创作，不仅容易给自己招来官司，还很难在流量、推荐和宣传等方面得到平台的支持。

然而，对于一般的素人创作者来说，前期又很难具备获得原创者本人授权的资本。因此，笔者建议新人创作者尽可能做原创内容，在原创力不足的情况下，可以将目光放在一些公有领域的大IP上，很多大IP经过了漫长的积累，大众对其有一定的"滤镜"，即熟悉感和亲近感，这些IP容易吸引用户，并且公版领域的作品并不难找。事实上，目前我国公版领域的大IP并不少，除了前文中提到的四大名著系列，还有许多其他可供选择的资源。

就新近情况来看，2023年就有一批作家的作品进入公版领域，例如：我国著名建筑历史学家、建筑师梁思成的《中国建筑史》《中国古建筑调查报告》等作品；我国著名教育家、文学家、历史学家林汉达的《上下五千年》《三国故事》《中国拼音文字的整理》《东周列国故事新编》《前后汉故事新编》等作品；我国著名作家、翻译家、教育家黎烈文的《河童》《红萝卜须》《医学的胜利》等作品，以及美国著名记者埃德加·斯诺的《红星照耀中国》等作品。这其中不乏可以用于文学再生产的作品,以及直接用于儿童内容的作品,如爱尔兰裔美国作家的儿童作品《儿童荷马读本》《爱尔兰国王之子》等作品。

这些作品进入了公版领域,意味着创作者即将拥有更多的免费参考资源和二次创作资源,对于创作者而言无疑是一件喜事。笔者无意也难以在本书中将国内外已进入公版领域的作品一一列举呈现,仅以新近进入公版领域的作品为例,提醒各位创作者,尤其是新人创作者们在进行IP引用时,可以多了解国内外已进入公版领域的作品,不要随意引用未进入公版领域且未获得使用版权的作品。同时,需要提醒大家的是,即使是公版领域的作品,也要做到尊重原作者、不"魔改"内容,保护原作品的口碑形象,是每个创作者都应当具备的创作素养。

> **链接:**
> 任何一个人的成功都不是偶然的,团队和品牌也是如此。爆款之所以能成为爆款,IP之所以能成为IP,从而在不同内容形式中转换自如,变现渠道"遍地开花",绝非运气使然,爆款和IP在其品牌定位、创作模式、内容选择、衍生开发等方面都有值得学习和借鉴之处。

3.3　儿童有声内容火爆题材

各行各业、各个领域,在不同的时代会有不同的行业状态和生态环境，儿童内容领域也是如此，随着儿童文学在主题、内容、模式等方面的发展和变化，其受欢迎的题材也随之更新。因此，对于创作者或创作团队来说，掌握当下最受关注和喜爱的火爆题材，就意味着保证了方向选择上的"正确性""时代性"，对于打造爆款内容帮助很大。

3.3.1　爆笑类

儿童有声内容类别繁多，各种类别的儿童节目共同构成了儿童有声节目的"大生态"，而在这片丰富肥沃的儿童有声生态环境中，"爆笑类"内容始终占据着不可替代的一块领域。一方面，乐于听到、看到或接触到能够让自己开怀大笑、感到高兴的内容，是人类的本性，很少有人会拒绝追求愉悦感、快乐感，思维和内心相对纯洁、简单的儿童群体更是如此；另一方面，家长也更倾向于为孩子挑选对情绪有正面鼓励，或者说能够激发正面情绪的内容。简单来说，爆笑类内容之所以如此受欢迎，主要缘于它同时得到了双用户（家长和孩子）的认可。

以喜马拉雅听书APP上的《米小圈上学记》系列为例，这部作品出自儿童作家北猫之手。在创作这部作品时，北猫对作品的定位就是"诙谐""幽默""好玩""有趣"，他的目的是通过围绕儿童真实生活的作品，帮助孩子们拥有更加健康、和谐、充满童心和童趣的童年。因此，在原作品当中，作者本身就加入了许多幽默元素，而这些幽默元素又经过"有声"加工的方式，在生动地演播中得到更为极致的体现，自然就成了儿童群体热爱的节目。例如，在《米小圈上学记：一二三年级》节目中，主人公米小圈一出场，就在自我介绍的同时，围绕自己的名字进行了"吐槽"和"自黑"——说自己拥有一个古怪到不能再古怪的名字，而给他起名字的是他的爸爸，原因是米小圈很小的时候，爬到了爸爸的图纸上，画了一个小圈，因此他被爸爸起名为"米小圈"。于是他发出疑问："如果当时我画的是一只小狗，或者一只小鸡，那我是否该叫米小狗、米小鸡呢？"当他和爸爸探讨关于小时候在图纸上画了一个小圈的事情时，爸爸认为他有成为画家的天赋，为了鼓励他，爸爸给他讲了爱迪生画鸡蛋的故事。于是米小圈再次发出了疑问：爱迪生画鸡蛋？那达·芬奇是发明电灯的人吗？老爸这才发现自己说错了，连忙纠正：是爱迪生发明电灯，达·芬奇画鸡蛋。米小圈忍不住吐槽爸爸是一个经常犯各种稀奇古怪错误的家伙。

附原文：

我叫米小圈，这真是一个古怪到不能再古怪的名字啦，如果别的小朋友叫这个名字，我是一定会笑疯掉的！但倒霉的是，这个名字是我的……究竟是谁给我起的这个名字呢？智商好低啊！老爸听我说完，暴跳如雷，原来是他！嘿嘿，这么容易被人嘲笑的名字，竟然被老爸称为杰作，真是的！今天我特意跑去问老爸，为什么会给我起一个这么奇怪的名字？真的很丢人耶。老爸给出的答案是，在我很小很小的时候，有一次我爬到他的图纸上，画了一个小圈，我的名字从此产生了！可是，如果当时我画的是一只小狗，或者一只小鸡，那我是否该叫米小狗、米小鸡呢？给小孩子起名字怎么可以这么随便呢？真是的！

"唉（二声），你那么小就可以爬到图纸上，那么小就可以画出一个小圈，这说明你是一个画画天才，以后肯定会成为一位特别特别著名的画家！"老爸这样说。"老爸，不会吧？我能成为画家？"我很怀疑地问。"嗯！而且是特别特别著名的那种！因为你是我的儿子嘛！哈哈哈！"老爸的笑声好恐怖，仿佛成为著名作家的不是我，而是他。老爸为了鼓励我这个未来的画家，给我讲了一个爱迪生画鸡蛋的故事。"唉（二声），等一等，老爸，爱迪生画鸡蛋？""对啊！""真的是爱迪生画鸡蛋？""对啊！对啊！""哦！那达·芬奇是发明电灯的那个人吗？"老爸挠了挠头："额……这个嘛……啊……是达·芬奇画鸡蛋，爱迪生发明电灯，口误口误！"唉（四声）！这就是我的老爸，一个经常犯各种稀奇古怪错误的家伙！

——喜马拉雅《米小圈上学记》

这一集时长3分13秒，其实是很短的一段内容，但通过主播充满儿童感的声音和对情绪变化的把控，以及内容本身的幽默感和恰到好处的搞笑配乐，让孩子在听的过程中：一方面感到有趣、逗乐，甚至开怀大笑；另一方面，又会对聪明机灵的米小圈和糊涂可爱的"米爸"留下深刻印象，自然就会十分期待更多发生在米小圈身上的故事。而之后发生在米小圈身上的故事，也没有让这些儿童用户们失望，所有内容都是围绕米小圈的学习和生活，以及他和家长、老师、同学们之间的各种故事。这些故事有快乐的，也有烦恼的，就像是一件件记在米小圈日记里的故事，非常贴近儿童生活，很容易引发情感共鸣。

目前，《米小圈上学记》系列已在喜马拉雅听书、懒人听书、蜻蜓FM等有声平台上线，且成绩表现都不错。以《米小圈上学记：一二三年级》为例，截至笔者编写本书之际，该节目在喜马拉雅听书APP上的总播放量已经达到了62亿，订阅量超过400万，评分为9.3分；在懒人听书APP上的总播放量为1.8亿，收藏量将近20万，评分为9.7分；在蜻蜓FM上的总播放量达到了147.5亿。值得一提的是，笔者三次进行信息搜集和研究，《米小圈上学记：一二三年级》在喜马拉雅听书、懒人听书和蜻蜓FM平台的儿童榜上都是第一名。可见，贴近儿童真实的家庭和校园生活，容易引起儿童的情感共鸣，且能够给儿童带来欢乐的爆笑类题材，是非常受家长和孩子喜爱的。对于儿童内容创作者来说，这无疑是非常值得尝试的题材。

3.3.2 探案冒险类

近年来，探案类内容从成人世界逐渐走向儿童世界，不少创作者发现，不仅大人喜欢探案题材的影视剧，儿童群体也喜欢这类具有一定神秘性和挑战性的题材内容，也因此，不少探案类节目应运而生。

如《爆笑恐龙历险记》《口袋神探》等。

以《口袋神探》为例，它讲述了热衷破案的小神探艾小坡和需要知识充能的外星人鸡飞飞结成了侦探联盟，通过观察、思考、调查、研究和推理，破解了一系列神秘案件的故事。在故事主线的推进中，一个个探案小故事被串联起来，如密室包子失窃案、文具店硬币谜案、校园恶作剧事件、钻石戒指失踪案、图书馆寻宝案等案件，主人公在侦破案件的过程中，会带着儿童听众一起进行案件梳理和思考、研究，帮助儿童听众养成思考的习惯。而且，探案类内容可以帮助儿童优化和提升逻辑能力，对于启发智慧很有帮助。此外，正如前文所述，在这些探案故事中，还涉及各种紧扣小学科学课大纲知识点的科学知识，如生命科学、物质科学、地球和宇宙科学等。同样受欢迎的还有由宝宝巴士配音的《猴子警长探案记》系列，目前在喜马拉雅听书APP儿童榜排名第三，总播放量超过20亿。对于家长而言，这种兼具趣味性、挑战性，还能够帮助孩子增长知识、提升逻辑能力、启发智慧的题材，对孩子们来说无疑是"上乘之选"。

3.3.3 睡前泛故事类

曾有专业人士剖析过"凯叔讲故事"的成功，发现其对双重用户的把握，也是其走向成功的主要原因之一。什么是"对双重用户的把握"呢？就是既要抓住接收内容的对象——儿童用户，也要抓住内容筛选者和把关者——家长用户。只有做到这样，节目才能存活下来，内容才有可能成为"爆款"。目前，睡前故事类题材十分受欢迎，正是因为这类题材不仅满足了孩子们的收听需求，也满足了家长们的陪伴需求。

在喜马拉雅听书APP儿童榜上长居前三名的《晚安妈妈睡前故事》，正是这样一档儿童节目。内容以童话故事为主，每集时长一般在2~3分钟，至笔者查阅之际，该节目播放量近77亿，订阅量近245亿，评分为9.1分，全网收听率超过100亿，有"被300万家庭认可为'哄睡神器'"之称。它为什么能成为"爆款"？主要在于其内容以童话为根基，充满想象力，既温馨有趣，又简单易懂，对于幼年儿童、学龄前儿童极具吸引力。而对于家长来说，不是所有家长都具备给孩子"讲好睡前故事"的能力，这样的内容既能让孩子获得更好的听故事体验，又能够减轻自己的负担，而且内容充满正能量，时长较短，在给予孩子一个充满童真童趣的童年之际，也不影响孩子入睡。

对于儿童内容创作者来说，如果要尝试这类题材，笔者有以下三点建议：一是要保证内容"三观正确"，可以出现烦恼、忧伤的情节和情绪，但不能渲染负能量，或出现负面言论和不当描述；二是要符合"睡前故事"缓、平、稳的声音和节奏特点，避免影响儿童入睡，除了笔者提到的《晚安妈妈》，还可以参考"凯叔讲故事"的《凯叔·小睡仙》、喜马拉雅的《夜鸣虫姐姐讲故事》等节目；三是尽可能以简短有趣的童话故事为主，而知识科普类题材内容、探案类内容和时长较长的故事内容很容易降低睡意，都不适合作为睡前故事。

"凯叔讲故事"的创始人王凯，就曾踩过这个"雷区"。在创业初期的时候，王凯是通过"凯叔讲故事"微信公众号讲故事，但还没发布几个故事，留言版块、公众号对话页都不断地接到投诉，而其中最多的控诉就是这个问题——"你讲故事能不能不这么生动？"王凯仔细了解下来，才发现问题出在自己把故事讲得太有趣。原来妈妈们都是在临睡前给孩子听故事的，而故事讲得太生动，很容易带动孩子们的情绪起伏。一方面，孩子们在亢奋之下难以入睡；另一方面，孩子们听上瘾了，会想要继续听下去，因此不愿意入睡。显然，这样的结果已经违背了父母给孩子听"睡前故事"的初衷，这也能够说明，王凯当时没有认真了解清楚用户使用产品的场景。

之后，王凯在产品上做了一些创新，比如在每个故事后面加上一些不常见的小众古诗词，避免孩子因为"熟悉感"而跟着念，影响入睡，同时，凯叔会将每首古诗词念七到十五遍，每一遍声音都比上一遍更小，"催眠"效果十分明显。不少家长反映，每次听凯叔念古诗词，不仅孩子入睡快，自己都直打瞌睡。凯叔的这段经历，不仅对他个人的创业道路深有启发，其实也提醒了广大的儿童内容创作者们，即：不为场景而打造的产品，一定和"垃圾"无异，无价值且还会给用户带去不必要的麻烦。

3.3.4 经典文化类

经典文化类题材主要指围绕"经典"打造的儿童内容，包括中国传统文化、经典文学作品等。从涵盖范围来看，十分广泛，如节气、生肖、习俗、节日、诗词、国学、历史、文学等都属于这类题材的范畴。事实上，国家一直非常重视儿童对经典文化的学习和传承，因为这对于帮助儿童树立正确的民族观、世界观，成长为一个有文化自信的合格接班人，是非常重要的。随着全社会整体素质的提高，以及前文中提到的"当代父母受教育程度普遍提高"等原因，学校和家庭对孩子学习经典文化的必要性逐渐达成一致，因此这类题材也走上了儿童内容的大"舞台"。

目前，在这一题材下，较受欢迎的类别主要是名著、人物传记、历史、地理、国学、诗词和成语等，反响不错的节目主要有"凯叔讲故事"的《凯叔·西游记》系列、《凯叔·红楼梦》《凯叔·三国演义》《凯叔·水浒传》,以及喜马拉雅的《小朋友听得懂的三国》、懒人听书的《浩然爸爸讲红楼》《董浩叔叔:给孩子的童话西游记》等名著系列;人物传记类别下,喜马拉雅的《钱儿爸:超级名人传》反响比较突出,播放量超过4000万,而凯叔讲故事的《李白传》《孔子的故事》《司马迁传》《陶渊明传》播放量一般在10~80万;历史、地理文化类别中,喜马拉雅的《山海经》《中华上下五千年(儿童版)》等节目反响不错;在国学、成语和诗词类别中,喜马拉雅的《成语!别闹》《可乐诗词穿越记》《小学生必备古诗75+80首》《给孩子读诗》等节目播放量较高,其中,由果麦文化出品的《给孩子读诗》,截至笔者收录信息之时,该节目播放量为6188.9万,评分为9.5分。而历史类题材的《趣味中国史》、地理类题材的《超级消防车·中国地理》都有不错的表现。另外,一些中小学语文新课标必读名著也表现不俗,如喜马拉雅上的《木偶奇遇记》,播放量已经超过1200万,而《钱儿爸:伊索寓言》,播放量更是高达8100万,成绩相当可观。

以上所列举的节目信息并不能完全代表经典文化题材的表现,但在一定程度上可以反映出该题材在儿童内容市场还是比较受欢迎的。想要尝试这一类题材的儿童内容创作者,可以参考以上但不限于以上所列举的优质节目,梳理和总结这些优质节目的选材方向、改编方式等。

例如,很多创作者会选择一些大制作系列,如四大名著,因为其本身自带"光环",且没有著作权顾虑。因此,对于新人创作者来说,虽然市场上已经有许多四大名著的改编有声版本,但仍值得尝试，而前提是在表达方式、故事形式、价值输出等方面有所创新，否则很难在现有的各种优质版本中脱颖而出。另外，据笔者了解，经典文化题材下的儿童内容虽然数量庞大，基本上各个类别的内容都有，如历史、文学、诗词、名著等，但有相当一部分内容制作粗糙，不够精良。对于创作者来说，这意味着这一题材仍然有很大的可挖掘、可发展空间。

3.3.5　知识科普类

知识科普类题材主要指通过讲故事的方式，向儿童听众科普知识。

例如，喜马拉雅听书APP上的节目《无处不在的经济学》《好奇心出发》系列都非常受欢迎。其中，《无处不在的经济学》播放量超过了1400万，这与其内容选材和表述方式不无关系。该节目每一集内容都是以真实生活中的某种现象或某件事情作为案例，通过幽默诙谐的表达方式，带领儿童听众从现象到本质来了解经济学原理。比如：通过"怎么和不熟悉的人成为好朋友"讲经济学原理中的"质押"；通过"捡的钱花起来为什么不心疼"解释经济学原理中的"心理账户"；通过"买彩票到底能不能中奖"科普经济学原理中的"侥幸心理"；通过"一瓶水能卖到多少钱"说明白经济学原理中的"供求关系"；等等。

另一档节目《好奇心出发》系列，播放量将近4000万，离不开该节目的故事内容设定和知识科普范围。从故事内容设定来看，该系列设定了四人主角团——小猴奇奇、小马喜宝、外星波波和小恐龙咕噜。四个角色的性格各有不同，小猴奇奇热爱侦探冒险，喜欢多管闲事，是个行动派；小马喜宝热爱推理和冒险，聪明又机灵，身手很矫健，是个"像风一样的女孩子"；外星波波是一个呆萌可爱的外星生物，擅长接收声波，身材娇小，智慧无穷，能够提供高科技道具；小恐龙咕噜则是一个怪力资深吃货，总是乐呵呵，反应慢半拍。此外还有"核心道具"的设定，如小猴奇奇的核心道具是放大镜、望远镜和可以测量距离的尾巴；小马喜宝的核心道具是速记本、数码相机和水晶梳子；外星波波的核心道具是它的神器装备波波球；小恐龙咕噜的核心道具是吃饭用的口水巾、拳击手套和筷子、勺子、叉子等餐具……

这样的主角团设定与"核心道具"设定，以及"冒险+成长"的故事线，对于儿童来说必然极具吸引力。同时，故事中体现出的友谊的可贵、团结合作的力量、集体荣誉感的重要性，也是家长们认可的内容价值。最重要的是，该系列故事中融入了12种科普领域的知识，包括动物、海洋、昆虫、植物、自然现象、人体奥秘、生命安全、地球科学、天文宇宙、物质科学、人文博物、工程技术，覆盖了自然、人文、天文、物理、化学等多个学科领域，让孩子边"冒险"边"成长"。

> **链接：**
> 　　儿童有声内容的火爆题材有很多，但对于创作者来说，不论选择什么样的题材，最重要的是能够充分发掘该题材的内涵和价值，然后输出给儿童群体。与此同时，不论进行哪一类题材的创作，都要先站在儿童的视角上去观察、认知和理解，如此才能创作出儿童喜欢的内容。

3.4 大流量儿童视频内容分析

众所周知,在儿童视频内容领域,大IP全部自带流量,如《小猪佩奇》《汪汪队立大功》等知名作品,然而对于素人创作者或创作团队来说,要想拿到这些作品的改编授权,并不是一件容易的事情。值得欣慰的是,无法拥有改编授权,并不意味着这些作品对于创作者来说毫无用处,这些大流量作品依旧可以作为优质的参考资源,为创作者们"指明创作方向"。因此,笔者将会以一些大流量儿童视频为例,从故事的人物和画面、主题和情节等方面,来分析爆款作品的共同点,总结其成为爆款的主要原因,为创作者或创作团队提供灵感和思路。

3.4.1 人物和画面

儿童视频内容能否成为千万家长和孩子追捧的爆款,除了与作品宣传、品牌运营等外力因素有关外,主要还是取决于内容是否有足够的"魅力"。内容的魅力值越高,作品自然更受关注和喜爱,而魅力值与故事中的人物设定不无关系。在儿童视频领域,故事中的人物和角色往往就是品牌或者IP本身,比如《小猪佩奇》中的佩奇、《宝贝赳赳》中的赳赳、《奶龙搞怪大作战》中的奶龙等。《小猪佩奇》显然已经成为一个大IP,这与作品中的人物形象深入人心有很大关系。

以优酷视频为例,截至笔者收录信息之际,在优酷视频的

"少儿热度榜"上,《宝贝赳赳》《奶龙搞怪大作战》《小猪佩奇》《萌鸡小队》排在前四名。从这四部视频作品的角色设定来看,首先,人物形象比较讨喜,都具备了可爱、软萌、天真等贴近儿童形象的特征;其次,角色性格也十分有趣,不论是赳赳、奶龙,还是佩奇,都既有活泼可爱、聪明勇敢的一面,也有调皮、爱玩的一面。这样的人物形象和性格设定,十分贴近儿童心理,让儿童有亲近感。在儿童成长过程中,他们往往并不仅仅将其当成作品来看,而是当成一个玩伴,儿童会跟随着"玩伴"去体验他们的生活和情感,这些"玩伴"甚至会成为儿童成长中一个不可或缺的角色。一些家长在教育孩子的时候,也可以借助"玩伴"的力量,比如"你再这么吵闹,小猪佩奇都不愿意和你做朋友了"。相对于家长的严厉管教,"玩伴"的引导力量有时反而更有效,这也是《小猪佩奇》《宝贝赳赳》等成为爆款的原因。

此外,在短视频领域,角色形象讨喜、性格真实的作品,也同样受欢迎。不过,与《小猪佩奇》这种系列剧集不同的是,目前市场上的儿童故事类短视频内容,基本每一集都是独立的人物和情节,没有固定的主角设定,对于创作者来说,就需要为每个故事中的角色赋予不同的形象和性格。由于短视频时长一般不超过5分钟,所以在性格设定上,不需要也难以用太多内容去呈现,可以集中搞好角色形象的设定,一些性格特征也可以通过形象和声音来展示。例如抖音平台上一个名为"洛洛睡前故事"的儿童内容账号(有近百万粉丝)中,有一个视频讲的是"阿里巴巴和四十大盗"的故事,画面中对强盗的身份和性格并无太多描述,但通过对强盗的形象设定——"独眼龙""腰间别着刀""面目严肃",也可以让孩子对这个角色的性格特征有较为直观的认知。简单来说,相比于系列长剧集类作品,短视频会削去有琐碎细节的情节,更关注故事的完整表达,以及重要主角间的交流或冲突。

由于视频内容的可视化,"观感"显然是内容是否优质的重要考核标准之一,而观感的质量高低与画面的美感有着直接的关系。正如黑格尔所说:"美的要素可分为两种:一种是内在的,即内容;另一种是外在的,即内容借以表现出意蕴和特性的东西。内在的先于外在的,所以往往只有借这个外在的'美',人才可以认识到内在的'美'。"

而所谓画面的"美感",笔者认为首先在于画面配色是否能让人感到"舒服",比如《小猪佩奇》如此受儿童喜欢、家长认可,除了故事本身温馨、有趣之外,也离不开它简单而又不失温暖的配色技巧。《小猪佩奇》大面积地采用了低艳度的鲜肉色和粉红色,奠定了整个画面的温柔感、温和感,人物面部全部采用肉粉色,让人感觉到十分协调、统一,同时用粉蓝色、红色作为衣物搭配,让画面不至于太过单调;另外,还采用了更小面积的高艳度色彩,如橙色、黄色、绿色的鞋子和一些小物件等,又给画面增添了活泼感、灵动感。

"粉色+蓝色"的乔治,"粉色+红色"的佩奇,"粉丝+绿色"的爸爸,"粉色+橙色"的妈妈,这样以暖色为主、以亮色点缀的色彩搭配,让《小猪佩奇》动画的整个画面同时兼具了简单温馨、舒适活泼、灵动且有生命力的感觉。事实上,这也是动画大师宫崎骏坚持赋予其动画作品的画面特点,虽然配色并不相同,但所追求的画面观感是一样的，这也是儿童视频内容创作者应当重点考量和研究的爆款视频必备要素。因此，创作者一定要注意儿童视频内容的画面配色，整体颜色不能过深，会显得沉闷、压抑。长时间观看，不仅容易激起负面情绪，而且不利于培养儿童审美，而画面色彩过于鲜艳，观看时间稍长就会引起不适，更容易影响视力。建议画面色彩这样搭配：以暖色调为主，以亮色为辅，大面积统一色调，小面积用不同色调点缀。除了画面的色彩外，角色和角色行为也是影响画面美感的重要因素，比如人物形象是否看着舒服，以及肢体协调、行动自然、行为是否正常且正确等。

3.4.2 主题和情节

关于儿童内容的主题，笔者在前面的章节中已经给出了很多具体的方向。但针对儿童视频内容，在主题选择和呈现上要稍微注意几个方面：一是优质的儿童内容，往往会让主题"潜伏"在整个故事当中，随着故事情节的推进、角色之间的交流以及画面展示逐渐呈现出来，最终形成一个明确的主题。比如宫崎骏的《悬崖上的金鱼姬》这部动画，表面上讲的是宗介和波妞之间的美好情感，但这个故事的大主题实际上是"环境保护"，电影全程没有提到"环境保护"，但却展示了渔村所处的海洋生态环境被破坏、鱼类数量锐减、渔民生计成为难题，以及波妞父亲对人类的态度。创作者通过这些内容，让观看影片的人产生自己的思考和感悟，意识到敬畏自然和保护自然的重要性。这种非说教式的主题呈现，往往更有利于儿童培养思考的习惯，在儿童自己领悟到真谛之后，对其心灵的冲击往往也更加深刻。

在情节设定方面，由于当代父母的受教育程度普遍提高，经济水平也明显提高，当代儿童群体在认知和见识方面也较过去的儿童更加广泛、丰富，很多学龄前儿童的知识量已经相当"可观"。因此，建议在情节设定上可以"尽可能有高度"，比如多涉及主旋律内容，包括关于国家、民族、科学、文化等方面的故事情节，这对于当代儿童来说：一方面，他们的理解能力和接收能力比较强，完全可以准确接收信息；另一方面，对于主旋律精神的启蒙教育很有好处。当然，对于幼年儿童和学龄前儿童来说，故事情节也不能过于复杂高深，而针对青少年儿童和少年儿童，则可以在情节设定上更加有深意一些。总而言之，创作者要充分了解服务对象所处的阶段和该阶段的特点。

> **链接：**
> 目前，我国儿童视频内容领域还有很大的发展空间，儿童内容创作应当尽早抓住机会，在掌握人物和画面、主题和情节的正确设定原则后，充分利用互联网优势和创作平台的技术支持，进行内容创作。

3.5 儿童视频内容火爆题材

掌握儿童视频内容火爆题材，对于创作者或创作团队来说，有两个明显的作用：一是了解当前儿童群体和家长们的"心之所向",在创作过程中,尽可能"投其所好";二是从当前火爆题材出发,了解时代发展、社会现状与火爆题材之间的关系,从而了解儿童视频内容的发展趋势,这对于儿童内容创作者的长久发展和规划有着重要意义。

3.5.1 大型综合视频平台:成长+探案+冒险

在优酷视频、爱奇艺、腾讯视频等大型综合性平台的儿童内容领域中,呈现大流量特征的主要是成长故事类题材,即在儿童成长过程中具有陪伴意义的系列故事。如笔者前文中提到的《小猪佩奇》《宝贝趣趣》《米小圈上学记》等系列,这类节目的特点是:主角固定、剧集较多、内容温馨有趣,围绕主角的家庭生活和校园生活,主角与主角身边相关的人,如长辈、父母、兄弟姐妹、同学、老师、伙伴之间展开的一系列故事。这类故事贴近儿童的真实生活,容易引起共鸣,对于儿童群体,尤其是幼年儿童和学龄前儿童来说,会因为其具有的真实感和亲切感,而产生不可替代的吸引力。

在这类主要传播长视频的大型视频平台上,还有一种儿童题材也十分"受宠",即探案冒险类。如《汪汪队立大功》《安全警长啦咘啦哆》《咖宝车神之飞天战队》等系列剧集,在优酷视频、腾讯视频等多个大型在线视频的儿童热度榜上的排名都比较靠前,很受欢迎。需要注意的是,创作者要打造这类视频内容,除了要打造出故事的精彩和趣味,还要赋予人物足够的人格魅力,如勇敢、坚强、聪明等性格特征,让儿童群体产生"崇拜感",这对于吸引且留住儿童用户非常有效。与此同时,具备这种性格的人物形象，对于儿童来说也有一定的激励作用，比如变得更加坚强、勇敢、自信，这也是家长们乐于见到的效果。这样一来，就实现了前文所述的"家长和孩子一起抓"。

除此之外，在这类大型综合视频平台上，包括哔哩哔哩视频分享平台，传统文化知识也是比较火爆的题材之一。比如哔哩哔哩上的《给孩子讲成语故事》，是个人创作者打造的视频节目，收听量已经达到了115万，收藏量为6.7万，分享量为1.9万，对于个人创作者来说，这样的成绩非常地不错。《给孩子讲成语故事》一共100集，每一集讲一个成语故事，时长在5~6分钟，画面、人物和故事都比较简单，但故事完整性强，逻辑清楚，在哔哩哔哩上算是不错的儿童内容。

值得一提的是，在纸质绘本领域、儿童有声内容领域中都较为火爆的科普类题材，在儿童视频内容领域的优质作品却并不多，目前大多是一些"照本宣科"的纯科普视频，因内容枯燥敷衍，反响平平。然而，这并不意味着科普类题材不受市场欢迎，而是好的科普类题材创作难度大，既要保证内容科学性，还要保证内容的趣味性。笔者认为，这一题材的现状，对于儿童创作者来说，既是挑战，也是机遇。

3.5.2　短视频平台：童话+经典IP

目前，在以抖音、快手等平台为代表的短视频内容领域中，比起适合成年人观看的生活类视频，儿童视频的"地位"或者说流量并不高，优质的儿童内容账号也较少。以抖音为例，平台上超过百万粉丝的儿童视频账号很少，其中纯原创视频账号更是寥寥无几,几乎处于空白状态。粉丝量较高的账号内容,大多是直接引用或进行改编调整的经典IP,且以童话故事为主。以粉丝数近百万的儿童视频账号"洛洛睡前故事"为例,账号中的视频内容多为脍炙人口的经典童话故事,如《一千零一夜》《灰姑娘》《白雪公主》《小红帽》《丑小鸭》《愚公移山》等。值得一提的是,这个账号充分利用了笔者此前提到的"公版资源"优势,账号中发布的故事多为已经没有著作权问题的公版资源。

另外,有一个名为"儿童绘本小故事"的视频账号,粉丝量近30万,笔者认为该账号具有定位明确、时长适中,以及账号名简单、易搜索等优点,但同时具有内容来源易侵权、内容没有做到精准垂直的劣势。创作者除了发布儿童故事外,还会发布儿童玩具及家庭、生活等内容,这在很大程度上限制了账号的发展,对于以账号发展、变现等为主要目标的创作者来说,这样的账号设定和视频内容,很难有突破性发展。

> **链接:**
> 目前,短视频领域虽然竞争激烈,但短视频的风口并没有真正过去,不仅以抖音、快手为代表的短视频平台发展稳定,优酷视频、腾讯视频等大型视频平台中也加入了"短视频"版块。但不论是短视频平台,还是短视频版块,都严重缺乏优质的儿童内容账号和IP。这对于当代儿童内容创作者来说,或许正是抓住机会、大展拳脚的时候。

第4章

创作技巧：爆款背后的"秘密武器"

一直以来，在儿童内容领域中，很多创作者秉持着积极学习的态度，研究和分析爆款作品的特点，希望能从中学到打造爆款作品和IP的技巧。然而，对于绝大多数普通创作者来说，这样的研究和分析似乎并不能带来多少启发，有时候反而会因为不合理的借鉴和模仿，导致创作出来的作品不伦不类，成为大家所说的"四不像"作品，从而陷入一种创作窘境。事实上，问题主要出在这些创作者只研究爆款作品"面儿"上的特征，比如内容属性、主题模式等。显然，停留于表面的研究并不能帮助创作者解决实际问题，要想真正从爆款作品中得到创作方面的指导和帮助，就必须要搞清楚爆款背后的"底层逻辑"，而这些"底层逻辑"，正是爆款之所以能够成为爆款的"秘密武器"。

值得一提的是，在新媒体环境下，包括儿童内容创作领域在内的诸多内容领域，都存在一些具有偶然性的爆款作品。但这样偶然火爆起来的一两个作品，对于创作者来说也同样没有任何参考意义，创作者应当关注的是那些持续输出高价值的优质IP，尤其是大IP内容。

（一）章节介绍

在儿童内容领域，是否运用了正确的创作方法，是决定作品能否成为爆款的重要影响因素之一，而"趣味化创作"作为诸多爆款作品在打造过程中使用的创作方法，具有其独特的分析价值。如"凯叔讲故事"平台的所有故事，几乎都运用了趣味化创作方法，这也是"凯叔讲故事"平台接连打造出爆款IP的关键所在。笔者将和大家一起走进"趣味化创作"，希望能为各位创作者提供一个切实可行的爆款内容打造方法。

趣味化创作

事实上,在儿童内容创作领域中,"趣味化创作"尚未形成官方的、正式的概念,但其字面含义并不复杂。从字面上理解,"趣味化创作"就是指经过一定的创作过程,使得最终的内容能让人产生愉快感且能够引起人的兴趣。事实上,这种创作方式已经经过了无数作品的验证,如"凯叔讲故事"打造的一个个爆款内容,就是在这种创作方式下形成的。对于儿童内容创作者来说,要了解和掌握,最终自如运用趣味化创作这一创作方法,就要先搞清楚,实现趣味化创作需要具备哪些创作要素,即:文本创作的多样性、语言情感的真实性和内容布局的趣味性。

4.1.1 文本创作的多样性

文本创作的多样性,是儿童内容趣味化创作的特点之一,指的是针对不同的内容形式,选择不同的文本创作方式,如书面化文本、口语化文本,也可以是对白式文本和独白式文本等。一般来说,在绘本和图书当中,采用的是书面化文本。在有声内容和视频内容中,采用的是口语化文本。在有声内容中,对白式文本和独白式文本都有,独白式文本较多;而在视频内容中,基本是对白式文本,独白式文本较少。值得一提的是,文本创作的多样性,不仅体现在方式数量的多样性上,还体现在方式转换的多样性上。简单来说,就是书面化文本可以经过打磨和修改,转换为口语化文本，口语化文本也可以经过加工和修辞，转换为书面化文本；而对白式文本可以通过修改，转换成独白式文本，独白式文本也可以根据内容表达的需求改成对白式文本。例如，《凯叔·西游记》就是将原著内容的书面化文本转换成了口语化文本，以更加简洁易懂的表达方式，让儿童可以无障碍地听故事，并且迅速理解和消化内容。

另一方面，一些书面化的儿童文学作品，被改编成有声内容和视频内容时，其独白式文本也会被转换为对白式文本，通过增加人物之间的对白，让故事内容更加生动有趣。

4.1.2 语言情感的真实性

在本书关于儿童内容创作的建议中，笔者多次强调了"真实性"的重要性，其中也包括语言情感的真实性，而这正是出于吸引和留住儿童用户的目的。唯有语言情感够真实，才能真正打动儿童的心灵。

首先，对于幼年儿童和学龄前儿童来说，由于他们的年龄比较小，要他们在较长时间里集中注意力，并不是一件容易的事情，再加上这两个阶段的儿童认识的汉字不多，阅读纸质图书并不现实。因此笔者这里主要介绍有声内容和视频内容的语言情感应该如何实现真实性。

针对有声内容，笔者认为语言情感的真实性，可以分开来讲。从语言上来说，应当尽可能使用生活化语言，就像《凯叔·西游记》，以简洁易懂的生活化、日常化语言表达方式，让这两个阶段的儿童能够无障碍地把故事听下去，并且感觉到一种贴近生活的"真实感";而从情感层面来讲,讲故事的人要尽可能以沉浸式状态进入角色,即通过角色代入,把自己当成故事中的角色,去经历角色的故事,体会角色的内心和情绪,最后自然地流露和传递情感,这样的情感才是有真实感的。

而针对儿童视频内容,笔者认为,要实现语言情感的可视性,让儿童通过人物独白或对白,体会到故事和人物流露出的情感,关键在于创作者本身赋予了故事和人物多少真情实感。在儿童故事创作领域,有一句话叫"创作者相信,儿童用户才会相信",意思是只有当创作者相信自己写的故事是真的,相信故事中的情节是真的,相信故事中的每一个人物是有血有肉、有情感的,才可能用有真实情感的语言写出好故事。

4.1.3 内容布局的趣味性

在趣味化创作中,最主要的其实还是在于"趣味"二字。儿童内容的趣味性价值,是每一个儿童内容创作者应当关注的,儿童故事缺少趣味性,就如同做菜忘了放盐,让人食之无味。事实上,自儿童文学诞生起,有关儿童故事的趣味性研究就从未停止过。笔者整理了一些打造趣味性故事的要点,希望能为各位创作者提供一些思路。

1.惊喜反转的情节设定

柏拉图曾说,好奇是知识之门。对于儿童群体来说,强烈的好奇心和求知欲正是他们学习知识、增长见识的推动力。倘若儿童对任何事物都没有一颗好奇的心和探索的欲望,一定程度上来说,就意味着他们关闭了了解未知世界的大门。令人欣慰的是,这样的孩子少之又少，绝大多数甚至可以说几乎所有的儿童都对未知世界和领域充满探索欲，也因此，他们更喜欢那些猜不到下一步会发生什么事情的故事情节，最好故事能够多一些"反转性"设定，给人又惊又喜之感，然后激起儿童对后续情节的强烈好奇，让儿童始终沉浸其中。这样的故事对儿童来说才是有趣的，是能够充分调动他们身上探索的细胞的。

宫崎骏的电影为何如此受欢迎？不仅儿童喜欢看，连成年人都百看不厌，正是因为宫崎骏的动画中有太多引人入胜的情节，包括一些匪夷所思且令人惊奇的故事设定，十分令人着迷。比如在电影《千与千寻》中，汤婆婆的孩子本来是一个巨婴形象，后来被钱婆婆变成了一只小老鼠，巨大的形象反差令人始料不及，从而观众在故事推进中不断收获极致的趣味体验。无独有偶，儿童文学家管家琪的《我家的大宝贝》中，在"十倍放大镜"的作用下，小宝宝竟然变成了巨婴，需要爸爸妈妈合力才抬得动，活像未来相扑界的超级巨星，让观众备感惊奇。

2.魔幻奇妙的故事背景

喜欢幻想，是儿童群体的天性。在儿童的眼中，现实世界往往是不够精彩的，他们渴望看到更多新奇的事情发生，渴望看到与现实世界完全不同的新世界。比如魔法世界，这也正是《哈利·波特》系列能够吸引一代代儿童的原因，在《哈利·波特》构造的魔法世界中，人可以穿过墙壁进入另一个空间，可以骑着扫把在天上飞，可以用魔杖玩转魔法，还能披上隐形斗篷，让谁也看不见……墙上画里的人物会动，楼梯也会动，分院帽还会说话……这些极富想象力的魔幻场面，将儿童文学的趣味性展现到了极致，让儿童们沉浸其中，流连忘返。

值得一提的是，爱幻想并不是幼年儿童或学龄前儿童的专属天性，少年儿童和青少年儿童同样热衷于幻想题材的故事。从现实角度来说，到了青少年阶段的儿童群体，已经能够认识到真实世界中很多事物无法改变的事实，也因此，他们会寄希望于在一个神奇的、崭新的世界里，改变那些他们想要改变的事情，或者幻想自己突然拥有了某种技能，去实现所有的愿望。比如，拥有复活生命的能力，拥有了随意变化的魔法，拥有了提升智商的技能等，以此来实现精神上的满足与快乐。笔者认为，这正是儿童群体热爱魔幻、热衷于通过想象力体验不同人生的原因。尤其是在当代竞争教育的影响下，儿童学习和精神压力比较大，只有幻想故事才能够将他们从现实世界中解放出来，而魔幻奇妙的故事设定正好可以满足他们的这种需求，让他们从中获得乐趣。对于内容创作者来说，这无疑也是能打动用户的。

3.亲切有趣的角色形象

内容布局的趣味性，除了情节发展和故事背景要设定得有趣，还包括人物形象的"趣味"。这种趣味主要包含两个方面：一方面要求形象好玩、有趣；另一方面则要求真实、还原生活，这样才能给儿童带来熟悉感、亲切感和真实感，让儿童觉得故事里的人物是"活"的，是有生命的，基于这样的前提条件，"趣味"才有意义。否则，一个角色即使被赋予再多的趣味性标签，却不够亲切和真实，儿童也很难喜欢上。

例如，在《喜羊羊与灰太狼》中，羊村中的懒羊羊就具备了既有趣又真实的角色形象，它贪吃、贪睡，还十分懒惰，如果说喜羊羊像《西游记》里的孙悟空，那懒羊羊就像《西游记》里的猪八戒。那么，这样一个贪吃贪睡又懒惰的形象，为何在儿童观众中有着超高的人气呢？答案就是前面提到的有趣加真实。一方面，它喜欢吃和喜欢睡觉的习惯，其实更接近普通人的生活；另一方面，在故事中，它虽然胆小怕事，但当伙伴们被灰太狼抓走时，它仍然能战胜恐惧，想办法去营救自己的伙伴们，这像极了儿童身边一些虽然胆小，但依然愿意勇敢保护好朋友的孩子。此外，虽然灰太狼是羊村的敌人，但在电影《虎虎生威》中，懒羊羊却和小灰灰成了好朋友，这也符合儿童的天性和选择，儿童的世界本就是简单天真的，没有那么多仇恨。

除了《喜羊羊与灰太狼》之外，笔者在前文中介绍过的《米小圈上学记》其实也是一个典型的例子。故事中的主人公米小圈被赋予了有趣又真实的形象和性格特征，而这样的角色设定，在儿童用户群体中无疑是十分讨喜的。因此，对于儿童内容创作者来说，如果此前没有过这类角色的创作经历，之后在进行故事创作的时候，不妨尝试着以"有趣+真实"的原则来设定角色，或许会有意想不到的效果。

4.幽默夸张的表达方式

不能激起儿童任何情绪的儿童内容作品，不是好作品。或许有些朋友会认为这样的说法过于绝对，其实不然。仔细思考一下，儿童是天真的、单纯的，他们不愿意也不懂得掩饰情绪，喜怒哀乐都会明显地表现出来，在这样的前提条件下，如果儿童在阅读、收听或观看某一儿童故事时毫无情绪波动，我们还能认为这是优质的儿童内容吗？显然不能。因为儿童内容的存在，除了满足家长期望的教育价值，还应当满足家长和儿童共同期望的情绪价值。一个能让儿童看得哈哈大笑、心情愉悦的作品，和一个让儿童毫无情绪波动的作品，家长会选择哪一个？儿童会喜欢哪一个？答案显而易见，毫无疑问是前者。

　　情绪价值是什么？笔者在前文中也有提及，简单来说，即能引起正面情绪的能力。也就是说，优秀的儿童内容应当具备这种能力，而对于家长和儿童来说，他们最期待的正面情绪其实很简单，就是"快乐"。那么，快乐从何而来呢？幽默夸张的表达方式，就是快乐来源。

　　儿童的世界很简单，也很纯真，他们喜欢一切能让他们感到有趣、好笑的内容，而这种有趣和好笑，大多来源于幽默夸张的表达，包括语言表达和肢体表达等。如果有人仔细观察过儿童阅读、收听或观看童话故事时的表现和反应，就一定会发现：夸张的剧情，如一些夸张的肢体动作等，往往更容易引起儿童的注意。《猫和老鼠》就是最经典的案例。在《猫和老鼠》中，汤姆猫总是想抓老鼠杰瑞，可总是会反过来被杰瑞"收拾一顿"，而汤姆每次被杰瑞"收拾"的画面都十分夸张，比如被压扁成一片"纸猫"，身体被拉扯得又细又长，浑身被电焦等，这些夸张的画面总是能逗得儿童哈哈大笑。在《喜羊羊与灰太狼》里，灰太狼被老婆的平底锅拍到天上，也同样是一种夸张表达，总能逗得儿童乐不可支。管家琪的儿童作品《口水龙》中，也有不少夸张的表达，比如主角口水龙虽然是一只迷你恐龙，然而，它的一滴口水，对于大象、老虎、狮子来说却像瀑布一样。这种夸张的表达方式非常符合儿童的心理。

而除此之外，语言的幽默性也同样重要。在《喜羊羊与灰太狼》中，灰太狼每次被各种方式"击飞"的时候，嘴里总是会喊一句"我一定会回来的"，就是为了体现语言的幽默。在《米小圈上学记》中，主角米小圈在吐槽自己的名字起得太过随意时，发出了"要是我当时画的是一条小狗，或者是一只小鸡，那我是否该叫米小狗、米小鸡呢？"的感慨，这同样是语言幽默性的体现。这样的表达方式，不仅能让儿童产生愉悦感，还有利于培养儿童的幽默品质，正如列宁所说，幽默是一种优美而健康的品质。值得一提的是，在当代社会，幽默甚至被很多人奉为"引发笑声的艺术"。

5.迎合天性的游戏精神

爱玩，是儿童的天性。而提到"玩"，就一定离不开"游戏"二字。不论是过去的儿童喜欢的生活场景中的游戏，比如过家家、捏泥巴、跳皮筋等，还是如今的各种线上游戏，如《王者荣耀》《绝地求生》《猫和老鼠》等，都极大地满足了儿童的娱乐心理。但这样的"游戏"显然无法满足家长对孩子在知识、见识和语言表达、逻辑思维等各种能力上的教育需求。在这样的背景下，富有游戏精神的儿童内容应运而生。既然儿童的世界离不开游戏，那创作者就将游戏放到故事当中。

以《格林童话》中的《长袜子皮皮》这一故事为例，故事的主人公皮皮是一个奇怪又有趣的小女孩，它有一个很长的名字——皮皮露达·维多利亚·鲁尔加迪娅·克鲁斯蒙达·埃弗拉伊姆·长袜子，她非常善良，但同时又很淘气，还很喜欢冒险，总是能想出许许多多巧妙的鬼主意，创造出一个又一个奇迹。当她被两个警察抓去孤儿院的时候，她竟然和警察玩起了捉迷藏，还把警察的皮带举起来，拎到了外面；当小偷到皮皮家偷东西时，不但没偷到东西，还被皮皮用两个手指轻松制服，并被她拉着跳了一夜的舞……这些充满游戏感的画面不仅给儿童带来了视觉上的享受，更多的是精神上的解放和满足。对于儿童来说，这样富有游戏精神的故事，能让他们在感到乐趣的同时得到成长，比如皮皮的善良、热情、聪明和勇敢，让儿童不仅能够在心灵上得到滋养，还能通过体验皮皮的一系列经历，得到情感上的成长。

总而言之，游戏对于孩子的快乐成长是至关重要的。因此，对于儿童内容创作者来说，将游戏精神融入故事中，让孩子在接受内容的过程中感受到乐趣，同时主动接受内容传递的正确价值观和行为方式、良好的品质和习惯等，无疑是一件既有意思也十分有意义的事情。

6.理想完满的故事结局

在成人作品当中，作品的结局具有多样性，用现在的网络化形容方式来说，可分为三种结局，即HE、BE和OE。HE一般是指圆满的结局；BE一般指虐心的结局；而OE则是指没有封闭式的结局，留有想象空间，由观众自行想象，观众可以按照自己的想法和喜好来为故事和人物设定结局。这三种结局方式，放在成人作品中都很常见，且并无任何不妥，因为在现实世界中，故事本来就有多种结局。

但在儿童作品中，这样的多样性结局是不被允许的，或者更严谨一点来说，是不受鼓励的。在儿童作品中，如果一个故事高潮留下了一两个未解答的问题和一些没满足的情感，是不可能被儿童群体接受的，因为儿童独特的心理特征，决定了他们对圆满结局的"强硬需求"。儿童需要故事和人物都有一个彻底的、完结性的结局，否则他们就会因为无法从故事中获得满足感和充实感而感到遗憾，甚至感到痛苦。

儿童的世界本就是纯真简单的，加上年龄和阅历的限制，导致他们很难体会到真实世界里的现实和无奈，也无法理解遗憾、悲剧和痛苦都是人生的一部分。也正因为如此，在童话故事里，大多会有一个完美的结局，比如在王子系列的童话故事中，王子和公主或王子和灰姑娘，无论经历多少艰难险阻，最后总是能幸福快乐地在一起。此外，在几乎所有的儿童故事中，坏人总是能够得到惩罚，而好人总是能拥有完美的结局，这也是创作者们为了顺应儿童心理特征而设定的。

因此，对于当代儿童内容创作者来说，不论是选择绘本、有声故事，还是视频故事，都应当继续遵循这一原则，即保证结局的完美和圆满。当然，这并不意味着儿童只对美好的情节感兴趣，在故事的发展过程中，儿童反而更乐于看到各种离奇曲折的情节，因为故事情节越曲折，儿童就越会感到有意思，这也符合儿童爱玩的心理特性。正如笔者在前文中所提到的，儿童喜欢反转性情节带来的快感，这些情节的设定，会让他们更加期待故事的后续发展。因此，儿童对故事结局圆满性的要求，并不影响创作者对故事情节的曲折性设定。

像《白雪公主》《灰姑娘》等诸如此类的作品，都是针对儿童独特的心理要求进行创作的。故事情节都比较曲折，比如白雪公主被皇后多次陷害，灰姑娘被继母和姐姐们欺负等；但结局都非常美好，比如白雪公主被王子吻醒，从此幸福地生活在一起，灰姑娘也被王子认出，和王子一起回到了王宫，而继母和姐姐们得到了应有的惩罚。这样的结局完全符合儿童对这个世界应当"善有善报，恶有恶报"的认知。

> **链接：**
>
> 　　儿童内容创作是一项具有艺术性的创造性活动，它不应该停留在单一的、平面的、枯燥的创作层面，而应该通过趣味化创作，实现创作的多样性、立体性、真实性、丰富性，打造更优质的儿童内容。而儿童内容的趣味性，对儿童获取快乐有很大的作用。不论是惊喜反转的情节设定、魔幻奇妙的故事背景，还是亲切有趣的角色形象、幽默夸张的表达方式，抑或是迎合天性的游戏精神、理想完满的故事结局，本质上都是儿童内容趣味性的体现，都可以给孩子带去最直接的愉悦感。因此说，故事布局的趣味性对儿童获取快乐具有直接的作用。

 趣味化创作方法论

目前，趣味化创作这一概念，以及创作方法的核心操作，虽然都还没有正式的定义和具体的建议，但这一创作方法的可行性已经经过了不少内容创作者的验证,其效果也是有目共睹的,"凯叔讲故事"就是最典型的例子。因此,通过对采用这一创作方法的作品的分析和研究,足以总结出趣味化创作方法的核心理论和操作,笔者仅从文本创作、文本的二次创作和语言的可视性创作等三个方面,为创作者提供一些新思路。

4.2.1 文本的首次创作

文本的首次创作,就是通俗意义上的"原创",对于原创作品来说,首次创作应当根据主要投放平台来选择相应的文本创作方式。从传统的创作建议来看:如果是为了出版,应当以书面化文本创作方式为主;如果是为了做有声节目就要选择口语化文本创作方式;如果是为了做短视频内容,应该选择书面化和口语化结合的文本创作方式;如果是为了做直播,应当选择口语化文本创作方式,且语言表现上需更加生活化、日常化。但从当前的创作环境来看,笔者建议遵循一条原则——儿化语言文本创作。以《舒克贝塔历险记》为例,《舒克贝塔历险记》之所以如此受儿童欢迎,成为文化领域的大 IP,与童话大王郑渊洁在初次创作时,就致力于让文字和语言呈现出"通俗、易懂、有趣"的特点有着不可分割的联系。

首先,《舒克贝塔历险记》大量运用"儿化语言",完全符合儿童语言认知水平的语言设置,具体表现为句子短小,角色对白较多。郑渊洁认为,儿童有限的语言知识和认知水平限制了童话语言的复杂程度,因此,创作者在创作童话语言时,应当首选浅显易懂的语言。具体表现为尽量减少长句的出现,句子能短则短,因为长句子承载的语言信息量大,容易超出儿童的认知能力,且儿童在不能快速理解和消化的情况下,儿童的兴致会迅速降低,因为儿童很难在较长时间里集中注意力,一旦出现这种无法及时理解的内容,大多会选择直接放弃,甚至会就此对作品失去继续了解的兴趣。

对于当代儿童内容创作者而言,应当时刻记住,儿童内容是为儿童而生,因此儿童内容的文本创作,最重要的表现方式之一就是其文字和语言应当是儿童所熟悉的,这样才能够接近儿童,让儿童接受和理解。过去,一些儿童文学作品在文本创作上,使用了过于正式的书面语言,这对于接受能力有限的儿童来说过于生涩和复杂,对他们理解儿童文学作品有一定的障碍。如今,这类作品如果要以新的内容形式面向儿童,如有声故事、视频内容等,就必然要经过文本的二次创作,而文本的二次创作往往会耗费创作者大量的时间和精力。

因此,当代儿童内容创作者在进行文本的首次创作时,就要考虑到后续的改编和二次创作,以及在不同内容形式之间的转换。比如创作者要创作一本绘本,在创作的时候就要考虑到:之后改编成有声故事是否易于改编,改编成视频内容是否可行等。另外,在过去,由于儿童本位观尚未确立,社会对儿童的重视不足,儿童内容创作者对儿童以及儿童的心理研究也相当缺乏,因此不少儿童内容创作者在文本创作中,习惯性使用说教式的成人语言,有些意识觉醒的创作者"用力过度",又写成了"娃娃腔",前者对儿童来说过于枯燥晦涩,而后者又显得太过稚嫩。对于当代儿童内容创作者来说,这样的问题绝不能再犯。

随着新媒体时代的到来,新媒介环境下的儿童文学语言应当具有形象性、口语化、准确、简明的特点。《安徒生童话》之所以能成为儿童故事中的典范,就是因为这部作品从名称到内容,都是采用浅显易懂的口语,比如《踩着面包走的女孩》《害人鬼进城了》《老爹做的事总是对的》等,都是以灵活简短的句式娓娓道来,十分活泼生动。

4.2.2　文本的二次创作

我们都知道,在儿童文学领域,有大量优秀的童话作品。然而,因为绝大部分童话都是由成人作家创作的,且很多故事文本已经是作者观念形态化形成以后创作的,这些东西往往并不适合处于动态成长过程中的受众——儿童。因此,文本的二次创作就十分有必要了。文本的二次创作,既包括文学艺术再加工,又包括媒介形式再加工。而如何在尊重原著的基础上创作适合当代儿童的内容,正是创作者们要面临的主要问题,也是决定作品内容能否成功的重要因素。

以儿童有声内容改编为例。首先,笔者认为,改编作品应当充分尊重原作者的劳动成果,应当尽可能保留原作者的思维产物,不能擅自修改和违背原作者的思维。简单来说,在改编作品时,不能对原作者的思维进行二次创作,而只能对文本进行二次创作,否则就失去了改编原著的意义。其次,在文本的二次创作中,创作者应当意识到,从书面文本到有声文本的过程绝不是简简单单的对应转换,书面文本的语言和有声文本的语言本就是不同的形态,有着完全不同的存在形态。因此,需要创作者在保留原作品的故事背景、中心思想、思维理解和重要章节的前提条件下，将原本过于书面化、过于死板、过于晦涩难懂的地方，转换成儿童熟悉的语言，即生活语言；然后通过对声音的驾驭、气息的把握、音乐的配合以及个人代入角色后自然流露的情绪，使作品实现二次"成长"，让儿童用户听得懂，并且喜欢听。

值得一提的是，儿童内容的"双用户"特征，往往会给文本的二次创作带来一定的难度。我们知道，儿童听故事、看故事的首要目的是满足自己的娱乐和兴趣需求，但家长们的想法并没有这么简单。家长们期望孩子能够从中学到知识和技能，或增长见识、开阔眼界，进一步促进语言表达能力、逻辑思维能力、认知判断能力等方面的提高和发展。在这样的情况下，难免出现一个问题——创作者既要满足儿童的娱乐需求，还要满足家长对儿童内容的期望。这就意味着创作者在进行文本的二次创作时，不能一味地摒除晦涩的文字和词句，而需要将这些晦涩的知识点转换成儿童能理解的内容，这无疑大大增加了创作者的工作量。据了解，"凯叔讲故事"的创始人王凯，在改编《西游记》时，仅是花在文本二次创作上的时间就长达整整三年。

对于创作者来说，要想解决创作者、儿童、家长和作品之间的矛盾和困境，就要先沉下心来，充分考虑家长和儿童用户的心理，抓住需求的共同之处，如内容积极正向、语言通俗易懂、故事精彩有趣等，然后在满足这些共同需求的基础上，综合考虑家长和儿童的关注点，再进行最终创作——符合儿童的认知水平、心理特点、语言能力、兴趣爱好，同时满足儿童对个性化语言和游戏精神的需求。做到既让儿童能读懂、听懂，又能让儿童彻底喜欢上作品,最重要的是,还能让儿童在得到娱乐满足的同时,学到知识,受到一定的教育,得到提高。

此外,从书面文本到视频文本的转换,也是当前较为常见的文本二次创作。不论是电视、电影,还是如今的短视频,通过声像结合的方式呈现出来的内容不仅能给观众带来极致的视听体验,还能作为一个时代的缩影、一段历史的记录。一部成功的电视剧或电影,包括如今的短视频,往往最能真实地反映出一个时代的面貌,记录下参与历史的每个人的文化信息,这样对于儿童群体来说同样是意义非凡的。

例如,从书本走向屏幕的儿童文学作品《鸡毛信》《小兵张嘎》《闪闪的红星》《城南旧事》,记录着历史的沉重;《草房子》《男生贾里》《女生贾梅》《大头儿子小头爸爸》则体现着时代的进步;而《淘气包马小跳》《舒克贝塔历险记》《奶油森林》《熊出没》等作品又代表着儿童个性时代的到来。这些经典的、有时代标志的影视内容都是由优秀的儿童文学经典原著改编而来的。这种改编也同样涉及文本的二次创作,创作者将书本上的文字改编成更为生动鲜活的影视剧语言,在保留了原著精神的基础上,通过大量通俗易懂的对白式文本,吸引了无数儿童观众,还有不少儿童观众是先看了影视剧才主动要求购买文学原著书籍来看的。可见,一次成功的文本二次创作,不仅能给改编后的内容带来大量流量,还能反过来助推原著作品的销量。

值得一提的是,在当前比较流行火爆的抖音、快手、西瓜视频等短视频平台,有很多自媒体人剪辑经典的儿童电影、电视,制作成"X分钟带你看一部经典儿童影片"系列,也是一种独特的文本二次创作。这种"文本的二次创作",要求创作者具备强大的内容和信息整理能力,才能够将一部长达两小时的影片浓缩成最多十几分钟的内容。

4.2.3 语言的可视性创作

进入新媒介时代后,儿童内容逐渐从以语言文字为主的图书形式,向图文并茂、音影并存的声像化内容形态转变,文字不再是传播艺术的唯一表现形式,声音、图像、视频等现都已成为传播艺术的重要工具。然而,不论艺术传播的内容和形式如何变化,"语言"始终是文学创作的根本,尤其在有声内容创作领域,语言的可视性创作尤为重要,直接影响内容的品质,同时也决定了用户在接收内容时的体验。

语言的可视性创作,包括情景的还原和角色形象的声音塑造。首先,要实现情景的还原和模拟,创作者需要更细致地把握文字和语言的运用。例如,在文字处理上应当更加注重细节,在语言处理上应当更加注重情感融入,而对于创作者们来说,只有真正站在儿童的角度上来判断故事的情感和角色的情绪,才能达到情景再现的效果。此外,角色形象的声音塑造,主要指创作者通过声音来塑造角色,比如通过对音量、音色、音强等声音要素的把握,以及对包括气息、节奏、重音等在内的语言使用技巧,对角色的形象、个性等进行塑造。《凯叔·西游记》就是一个典型的案例,在节目中,凯叔一人演绎了诸多形象、个性完全不同的角色，就是通过对声音的塑造和修饰来完成的。

众所周知，凯叔的成功离不开他个人对语言的驾驭。在《凯叔·西游记》《凯叔·三国演义》等作品中，凯叔一人分饰了书中的几十个甚至上百个人物角色，并且能通过音色、音量、音调等声音要素的变化，赋予故事中每一个角色以鲜活的生命和个性化的人物特征，让儿童在听故事的时候认为角色故事中的每一个人物都是真实存在的，完全没有"是由一个人演绎的"这种感觉。这种通过对语言的深度打磨、驾驭、把控和变换，做到让儿童用户身临其境的创作方式，我们称之为"语言创作的可视性"。

某种程度上，我们可以认为语言创作的可视性，本质上来源于声音的表现力。这也给创作者们提了一个醒，比如在儿童故事中，演播者应当充分了解和思考各种角色的语言表达方式，比如鸟儿是怎么说话的，猪是怎么说话的？这些角色要怎么说话，才能让人一听他们开口，就仿佛能"看见"角色形象？这些都是语言创作的基本功。正如前文中所说，"凯叔讲故事"创始人王凯，可以一人分饰几十个甚至上百个角色，其强大的声音表现力令人惊叹。例如，他在《凯叔·水浒传》里面，通过语言表达方式的转换，演活了形象、个性完全不同的108位好汉。他让越来越多的创作者意识到，只有创作者本身对人物有了深刻的理解，才能通过语言和声音赋予故事和人物以生命力，才能以语言的感染力将孩子拉到故事场景当中来，让他们能够跟随着故事的情节发展转变心境，沉浸地体悟每一个人物的喜怒哀乐。

> **链接：**
> 如今，随着趣味化创作在儿童内容创作领域的运用愈发广泛，越来越多的创作者加入了"趣味化创作"的大军。然而，绝大多数人却根本无法通过这一方法，让作品获得理想的效果。因此，一些创作者笑称该方法恐已"失效"。事实上，这是因为很多创作者忽略了实践和摸索的重要性。老话说，理论与实践相辅相成，缺一不可，唯有理论与实践结合才是成功之道。创作者要想通过趣味化创作方法为自己的作品加分，必须结合个人作品特色和内容方向，不断实践和摸索。

4.3 趣味化创作原则：快乐+成长+穿越=极致的儿童内容

"凯叔讲故事"的成功，让更多人开始关注到"趣味化创作"，因为这正是凯叔团队打造出一个接一个爆款作品的核心原因之一。根据凯叔对外公开的说法，"凯叔讲故事"赋予了"趣味化创作"一个"原则公式"，即"快乐+成长+穿越=极致的儿童内容"。笔者认为，只要真正理解了这个公式，普通创作者也同样能加以运用，提升作品质量。

4.3.1 让孩子体会到快乐

"凯叔讲故事"的联合创始人朱一帆曾说："我们的平台从做

儿童故事开始，慢慢地形成一个给两千多万孩子提供极致的儿童故事服务、内容服务和教育服务的品牌，这其中围绕的底层逻辑就是两个字——快乐。"创始人王凯也曾在演讲中提到，现在市场上有很多做儿童内容的公司，会找若干科学家给孩子讲科学，找艺术家给孩子讲艺术，之后让这些专家们录成视频，卖给家长。但是这些产品卖出去以后，复购率很低，推荐率也很低，为什么？因为孩子不喜欢。孩子为什么不喜欢？因为没有快乐感。王凯表示："我衡量我们所有的产品，无论是儿童内容产品，还是儿童教育产品，如果做不到让孩子喜欢这件事，你就离上线远着呢！"

那么，让孩子体会到快乐，这件事到底容不容易呢？答案是：不容易，非常难。快乐这两个字是简单的，快乐本身也是简单的，但通过故事给儿童提供快乐，是不容易的。凯叔改编创作《凯叔·西游记》的时候，在第一篇的《石猴出世》写了3000字以后，就自信满满地拿去讲给他的女儿听，结果他惊讶地发现，完全没办法进行下去。

因为他在讲的过程中，一直被女儿打断，女儿不停地问这个是什么，那个是什么。比如在讲到花果山的瀑布时，女儿直接打断他，问她瀑布是什么东西。这让凯叔感到非常郁闷，但同时也让他意识到了一个当下80%的儿童内容创作者都没有意识到的问题，那就是——成人创作者们总是习惯性地拿自己的常识，去触碰孩子的第一次认知。

想明白了这个道理以后，凯叔重新"出发"。这一次，他先把孩子提出的问题都写了出来，再把这些问题的答案全部写出来，然后把答案糅到情节里去。用凯叔的话来说，这样的好处在于：不等你问，我就讲给你听。接着，女儿又提出了新的问题，凯叔再次写下来，给出答案，糅到情节中去。如此反复打磨，直到最后孩子能够顺畅地听完故事，而不会因为讲故事过程中经常出现不理解的地方，导致故事的停顿。

那么，这和快乐有什么关系呢？其实很简单。只有让孩子听得懂故事的内容，并且能够无障碍地、顺畅地听下去，孩子才能以一种非常放松的状态，逐渐进入到故事情境当中，进而享受其中，感到发自内心的愉悦。基于此，笔者认为，作为儿童内容创作者，一定要学会以孩子天真的视角看世界，然后通过故事与他们平等对话，在激发孩子好奇心和想象力的同时，让他们能在快乐轻松的状态中探索世界。

4.3.2 让孩子在快乐中获得成长

对于儿童内容创作者来说，从选择这一身份开始，就意味着背上了责任和使命——为儿童成长和教育助力的使命。因此，让孩子从故事中感受到快乐是必须的，但只关注儿童的快乐感是不可行的。儿童不仅需要快乐，还需要成长，如果一个作品只能提供快乐，那就和电子游戏没什么差别。因此，创作者还应致力于让孩子在快乐中成长。

以《凯叔·西游记》为例，第一部主要是启蒙和带入，能解释的内容都要给孩子们解释一下，目的就是为了让儿童能顺利地了解情节，毫不费力地进入这个充满想象力的世界中。到了第二部，凯叔开始关注儿童的成长和提升，他有意识地在故事情节中加入大量经典诗词，让孩子边听故事边学习诗词。网上有不少家长反映，孩子在听《凯叔·西游记》的过程中，学会了很多古诗词，而且是自然而然地学会和记住的。等到了第三部，凯叔开始往故事里加入更为深刻一些的内容，比如价值观的思考，让孩子们知道了世界不是只有黑白两色，结局也不是只有"我打死你"或"你打死我"。他的目的在于，让孩子学会接纳不同的现象和观点，通过理解世事的复杂性，进而看到不一样的世界。

到了第四部，《凯叔·西游记》更加专注于故事本身的情节，并且将《论语》中的名篇《四子侍坐》融入故事情境中，通过师徒四人之口，讨论了什么是大欢喜，什么是小快活，进一步帮助儿童提升认知能力。而第五部则是又进了一阶的"惊喜之作"，故事借用了庖丁解牛的典故，说出了人生的三重境界：多多益善、化繁为简、游刃有余。可以说，《凯叔·西游记》第五部与给成人讲西游记相比已经没有任何区别了。

凯叔通过这五部《凯叔·西游记》，为儿童搭建了一座认知的阶梯，让孩子在听故事的过程中，在知识、见识、审美、认知、思想等多个层面得到阶梯式的成长和提升，这就是凯叔所强调的"成长"。

搭建知识阶梯，其实就是让故事中的知识难度一点一点提升，当难度越来越高的时候，就去设计合理的阶梯。让儿童跟着一节一节的故事成长起来。正如凯叔所说，只为孩子提供快乐是不够的，不管是父母还是儿童教育工作者都有自己的使命，都要让孩子在你的产品当中得到成长。这样的创作观是值得所有儿童内容创作者反复琢磨的。

4.3.3 让作品成为孩子的童年记忆

最后，则是公式中提到的"穿越"。这里的"穿越"，并不是指故事题材，而是指好的儿童内容产品应当具备穿越时间的能力，要能够在10年、20年、30年后还能给孩子带来快乐价值和成长价值。能够同时带来快乐和成长的内容，对于儿童来说，已经是很好的内容，但还不是极致的内容。极致的内容，还应当具有时间属性，且越久越好。

以凯叔团队为例，他们每考量一个产品时，都会去拷问产品经理一句话——"你的产品30年之后在市场上还受欢迎吗？"然后，他们会要求产品经理分析，30年之后这个产品对那个时候的孩子还有什么样的快乐价值和成长价值。基于这样的考量标准，凯叔团队打造出了一个又一个既能满足当代儿童快乐和成长需要，又能穿越时间，满足未来儿童的快乐和成长需要的爆款内容。

凯叔曾说过：总有很多东西是可以穿越时间不变的，我们要把产品里不变的东西找出来，然后在研发过程当中去放大。"快乐+成长"是好产品，但是"快乐+成长+穿越时间的属性"就是极致产品。这样的理念，是当前很多儿童内容创作者根本没有考虑到，或者说不愿意去考虑的。不少儿童内容创作者只关注当下，甚至只关注某一段时间的"风向"，却忽略了唯有经得起时间考量的作品，才能"永不褪色"。

正如凯叔所说，当代家庭基本上就1~2个孩子，每个孩子都非常金贵，他们的童年一旦过去了将不复重来。所以只有精华内容才能让现在的家长放心,才会对孩子未来的成长最有帮助。如今很多企业被商业力量、被信息爆炸裹挟着,太着急把产品做出来变现,却很难真正静下心来为孩子打造一款10年、20年、30年都能长盛不衰的经典作品,让每一代孩子都能享受和回味。因此,对于创作者来说,在创作作品的过程中,除了追求"火爆性",还应当考虑"持久性"。笔者认为,当一个创作者开始思考如何让自己的作品经得住时间的检验,穿越20年、30年之后依然可以绽放强大的生命力时,他已经成功了一半。

> **链接:**
>
> 儿童内容创作者有很多,但能持续打造出爆款的很少,这是因为绝大多数儿童内容创作者都做不到生产"极致的内容"。有些创作者只关注"快乐",于是作品就成了与电子游戏竞争的纯娱乐内容;而有的创作者只关注"成长",于是作品就成了儿童群体最讨厌的说教式内容;还有一些创作者实现了"快乐+成长",却忽略了好的作品应当具备的时间属性——"穿越"。或许,当代儿童内容创作者们真的应该停下脚步,沉下心来,好好审视一下自己的作品,究竟少了什么。

4.4 智能化创作:AI与元宇宙

如果说"趣味化创作"是打造爆款儿童内容不可或缺的重要

创作方法，那么"智能化创作"就是未来打造爆款儿童内容不可或缺的主要创作手段。尽管人工智能已经发展了相当长的时间，但对于人工智能创作和元宇宙在儿童内容领域中的应用，不少儿童内容创作者并没有清晰、深入的认知，尤其对元宇宙在儿童内容领域中的应用，不少人还停留在概念转化阶段，甚至有一部分创作者还完全停留在概念阶段，如此"迟钝"的认识显然是不行的。毕竟，从人工智能、元宇宙的发展现状和应用趋势来看，智能化创作"效率和质量齐发"的特点已经决定了这一创作手段在内容创作领域中"势不可挡"的地位。新媒体更替时代，以AI和元宇宙作为主流的时代，正一步步向我们走来。

4.4.1　AI（人工智能）

AI，即人工智能，官方将其定义为"研究、开发用于模拟、延伸和扩展人的智能的理论、方法、技术及应用系统的一门新的技术科学"，其研究领域包括机器人、语言识别、图像识别、自然语言处理和专家系统等。人工智能自诞生以来，发展速度惊人，应用领域范围迅速扩大，影响力不断提高，从最开始的"阿尔法狗"，到2022年开始火爆的生成式AI——DALL-E 2、ChatGPT、Midjourney等。这些AI产品不仅支持故事创作、音乐创作、图画创作、词曲创作、视频创作、新闻稿件创作等多种内容创作，且质量有保障，效率更是远超人工创作。

当AI创作开启了内容生产的新方式，并且逐渐在越来越多的方面超越纯人工创作后，儿童内容创作领域也发生了"变革"，一些具有"先见之明"的儿童内容创作者，已经开始积极研究和实践AI创作的技巧，以期在AI时代正式地、全面地替代新媒体时代之际，能在儿童内容创作领域占据一席之地。这样的思虑和远见无疑是值得包括儿童内容创作者在内的所有内容创作者学习的。基于此，笔者将带领各位创作者一起走进"AI创作时代"，用新的视野和方式，打开新的局面。

对人工智能稍有关注的朋友应该知道，将人工智能应用到内容创作中并非新鲜事。事实上，早在2022年11月30日，美国公司OpenAI正式发布了聊天机器人程序ChatGPT之时，内容创作领域的"变革"就已经正式拉开了序幕。作为一款人工智能技术驱动的自然语言处理工具，ChatGPT不仅可以像人类一样与用户正常聊天，还可以协助人类完成各种任务，例如写邮件、写论文、写文案、写脚本、写诗歌、制定商业提案和策划以及写故事等，在"写故事"这一创作项目中，也包括儿童益智故事。值得一提的是，由ChatGPT创作的儿童故事，不仅内容产出效率高，其质量也同样令人惊喜，往往只需要一分钟，甚至十几秒钟，一个逻辑清晰、情节合理、符合主题的故事就生成了。

目前，在亚马逊上，已经出现了运用ChatGPT创作的故事电子书，以《银河皮条客：第一卷》为例，该故事长达119页，是一部中篇小说，售价仅为1美元。该电子书的作者弗兰克·怀特还在YouTube上分享了自己的创作感受，他认为用ChatGPT创作故事是一个商机，并且认为任何人都可以通过ChatGPT每年生产300部类似的小说。此外，在国内的某网文论坛上，也出现了"经验证，ChatGPT创作的内容可以达到每千字15~30元写手水平"的言论。这些现象给内容创作领域带来的"震撼"是显著的。退一步说，如果一些创作者认为ChatGPT带来的震撼还不足以令他们产生"危机感"，那么ChatGPT与Midiourney的结合，一定能够让内容创作者们感到被"威胁"，甚至恐慌。

在两者的结合运用过程中，ChatGPT负责生产文字内容，Midjourney则负责生产图像内容，最终迅速生成图文并茂的故事，并且还可以中英双语搭配，阅读起来非常自然、顺畅。人们很难察觉到是出自AI之手，而非出自人类的创作。这对于坚持"AI永远无法替代人类"这一观点的内容创作者们来说，无疑是一种警醒。

尤其在故事情节、主题丰富度以及人物复杂程度要求较低的儿童故事创作领域中，AI在创作能力方面显然已经具备了超越人类的实力基础。截至2023年2月中旬，在亚马逊电子书商店里，将ChatGPT列为作者的电子书已超过两百本，在这些电子书中，儿童故事占据了多数。例如，美国纽约某销售员就通过ChatGPT，在几个小时内创作出了一本30页的儿童故事电子书——《聪明的小松鼠：储蓄与投资的故事》，定价为2.99美元，大约一个月后净赚了将近100美元。这足以说明，AI在儿童内容创作中的应用已然正式铺开了局面。

在美国OpenAI发布了ChatGPT后，我国也推出了中国版ChatGPT，即于2023年3月20日，由百度推出的全新一代知识增强大语言——文心一言。文心一言支持文学、商业文案、多模态生成等多种应用场景，是我国在人工智能领域的一次重要创新和突破。在文心一言正式上线之前，百度创始人李彦宏就曾公开表示："生成式AI代表着新的技术范式，是任何企业都不应错过的大机会。"截至目前，已有爱奇艺、宝宝巴士、智联招聘、小度、太平洋汽车网等知名企业加入百度文心一言生态圈。此外，尤为值得一提的是，由于文心一言入驻了集简云平台，能够实现无代码集成百款应用，意味着不需要API开发就能够将文心一言与数百款办公应用打通，实现数据互通和办公自动化。

1.ChatGPT的应用方法和步骤

首先，用ChatGPT创作儿童内容分为两种情况。一种是创作者当下处于"灵感枯竭"的状态，没有任何思路，需要完全依赖于其创作能力，激发灵感或完成任务，那就只需在对话中输入一般性提示词。例如，当笔者在对话界面输入"创作儿童故事"，ChatGPT就会自动生成一个主题、人物和情节随机的儿童故事。还有一种情况是提出相对具体的要求，即输入更具体的提示词，让ChatGPT根据要求进行创作。

例如，在对话界面输入"儿童故事、森林、老虎、兔子、友谊、勇敢"，ChatGPT就会迅速生成一个发生在森林中，以老虎和兔子为主角，与友谊和勇敢有关的儿童故事。如果用户还有更多特定的情节和主题需要融入进去，也可以继续输入更多、更详细的提示词。就笔者的使用体验而言，提示词越多、越具体，生成的内容就会越符合用户的心理预期，内容的逻辑、词句、情节、角色描写等方面会更加自然顺畅，符合情理，或者说，内容呈现会更加接近人类的"手笔"。此外，ChatGPT还会在故事结尾升华主题，非常符合人类的写作习惯。

总的来说，玩转ChatGPT离不开"提示词"，提示词的质量会直接影响对话的质量。明确、简洁、清晰的提示词，有利于

ChatGPT精准理解并响应用户的内容需求。不论是故事的类型、主题，还是人物、情节、结局，都可以通过提示词来设定，例如输入"童话故事、勇气、悲剧"，或"关于成长、冒险、战胜困难的探险故事"等，但一定要避免使用过于宽泛或开放式的提示，这会导致对话脱节或内容脱轨。

值得一提的是，尽管ChatGPT生成功能强大，但如同人类的创作一样，也会出现逻辑、语言和事实等方面的错误，因此，用户需要对ChatGPT生成的内容进行深度审核、修改和完善。事实上，包括ChatGPT、文心一言等在内的很多AI生成工具，生成的内容都存在逻辑错误、语言错误和事实错误等问题，且从故事水平来说，往往也缺乏深度和个性。因此需要创作者对内容进行反馈、指导、评价和补充提示词，进行修改和完善，以使内容达到更高的水准。

对于儿童内容创作者来说，学会运用AI进行儿童内容生产，并不是要完全依赖AI，而是利用AI庞大的数据库、惊人的信息整合和生成效率，为自己提供更多的思路、灵感和资源。创作者只需要提出具有创意的故事要求，就能让AI生成不错的儿童故事，即使内容存在词汇、语句及语句衔接方面的"小瑕疵"，创作者也可以迅速修改，并对故事进行细节完善和亮点融入，进一步提高内容质量。

2.Midjourney的应用方法和步骤

在儿童内容领域，"绘本故事"始终占据着不可撼动的地位，不论是实体绘本，还是电子绘本，都非常受儿童群体欢迎。这主要是因为图文并茂的故事更容易被儿童群体喜爱、理解和记忆。

如今，AI不仅可以完成文本故事创作，也可以画插图、配图像，与文本融合。

例如，2022年由OpenAI发布的AI绘画模型DALLE-2，就可以通过自然语言描述创建逼真的图像和艺术作品，还可以根据原始图像生成不同的图像变化，对于希望根据文本描述迅速生成独特视觉效果的内容创作者来说，该绘画模型无疑可以给内容创作带来更多的可能性。而2023年3月面世，并于5月中旬开启中文版内测的Midjourney在功能上又进一步，作为最新的AI绘画工具，Midjourney的绘画功能十分智能，只要输入想到的文字，就能通过人工智能产出相对应的图片，整个过程大约耗时仅一分钟。由Midjourney创作的"中国情侣""一只和汽车赛跑的猫""香港街道上的出租车"一经发布，迅速"出圈"，引发热议。对于内容创作者来说，这无疑是来自AI时代的福音。尤其对于儿童内容创作者，由于儿童内容对图像复杂性要求相对较低，文本也相对简洁明了，因此使用Midjourney更容易生成符合文字内容的图画。例如输入"一只正在睡觉的黑色小狗"，一般会生成四张不同的图像供创作者选择，这对于儿童内容创作而言意味着更多的发挥空间。因此，如何熟练使用Midjourney，以及如何将ChatGPT与Midjourney结合使用，应当是创作者们应当积极考虑和关注的。这里语言上需要注意的是，描述词应当尽可能精细、准确，否则会降低绘图的效率和质量，例如"一只小狗""一只可爱的小狗"都存在描述词过于宽泛的问题，而"一只毛色纯黑、正在睡觉的幼年小狗"，会更有利于Midjourney迅速做出响应，生成与文本贴合的小狗形象。

事实上，Midjourney的操作步骤并没有一些朋友们想象中那么难，创作者在浏览器中打开Midjourney网站页面后，按照流程下载桌面APP，然后打开APP，根据提示添加一个服务区，正式进入Midjourney社区，之后可进行正式创作，通过文本描述生成图片。对于儿童内容创作者来说，可以将自己创作或AI辅助创作的儿童故事进行文本分段，然后分别进行图片生成，最终形成"绘本"。这对于只会写故事而不会画图的儿童内容创作者来说，意味着有了更大的发展空间和发展可能，未来可以通过文字和图片结合的"绘本"形式，让自己的作品有更加多元的展示，同时还可以进一步为自己的作品和内容增加变现的渠道。目前，Midjourney生成图片并不是永久免费制，但用户通过Midjourney创作的图片版权属于自己。

3.Leiapix Converter的应用方法和步骤

除了ChatGPT和Midjourney外，Leiapix Converter也是AI创作的一大"神器"。Leiapix可以将任何2D图像转换为3D图片。对于儿童内容创作者们来说，这意味着：只要能够灵活熟练使用ChatGPT、Midjourney和Leiapix Converter这三大AI生成工具，将三者结合使用，就可以轻松创作出带有动画效果的3D版儿童绘本，整个过程一般不超过一个小时。在Leiapix Converter中，点击"Upload"上传图片后，图片会自动转为3D效果，并且支持调整3D图片的动画时间、动画风格、运动幅度、场景深度等，根据用户的偏好设置相应的3D效果；在编辑完成后，只需要点击"分享"按钮，就可以将3D图像导出为GIF、MP4或LIF、深度图、Facebook 3D等格式。

毫无疑问，对于儿童内容创作者来说，熟练使用Leiapix Converter，以及掌握ChatGPT、Midjourney Converter和Leiapix 的结合使用方法，对于提升创作效率、增强表现效果等方面，有明显的帮助。因此，儿童内容创作者应当打开新视野，在新媒体时代向AI时代过渡的阶段，尽早积极学习和使用AI创作，通过AI创作工具的庞大功能与自身独具个性的创作特色、能力结合，更有效率地生产内容，避免在未来被AI创作工具和会使用AI创作的竞争者代替。

4.4.2 元宇宙

与人工智能（AI）相比，元宇宙这一概念对于多数普通人来说要陌生许多。毕竟，关于"元宇宙究竟是什么"这一问题，目前全球都尚未形成统一的定义。但笔者认为，Meat公司首席执行官马克·扎克伯格在2021年提出的设想，已经十分接近元宇宙概念，即：元宇宙是移动互联网的升级版，融合虚拟现实技术，用专属硬件设备打造一个具有超强沉浸感的社交平台。理想的元宇宙应当具备八个元素，即参与感、虚拟形象、个人空间、瞬间移动、互操作性、隐私安全、虚拟商品、自然交互。2018年在我国上映的《头号玩家》就融入了大量元宇宙概念，故事设定的年代为2045年，当时的现实世界处于混乱和崩溃的边缘，令人失望，于是人们将救赎的希望寄托于"绿洲"——一个虚拟游戏宇宙。人们只要戴上AR设备，就可以进入这个与现实世界形成强烈反差的虚拟世界，在这个世界里，有繁华的都市、美丽的风景、形象各异的玩家。玩家之间可以在这里冒险、玩游戏、交友等，并且会得到最真实的体验感,比如五官体验、触感、疼痛感等。实际上,影片中的虚拟游戏宇宙"绿洲",就是元宇宙的应用。影片《失控玩家》也同样是以元宇宙为主题,讲述了一个NPC意外觉醒的故事。总而言之,元宇宙可以说是互联网的终极形态,我们可以通过元宇宙创作出一个始终在线的虚拟世界,只需要通过一个终端设备就可以让人在任意时间和地点进入虚拟世界,给人提供沉浸式体验。事实上,早先的"母亲通过VR见到去世3年的女儿"这一感人泪下的新闻,也是元宇宙的一种体现。

近两年来,元宇宙的热度持续升级,引发了各行各业的关注和讨论,人们逐渐意识到"万物皆可元宇宙",现实世界中的画廊、艺术馆等,以及其他人类可以想象得到甚至想象不到的场景,都可以在元宇宙中实现。当元宇宙时代悄然到来,内容创作领域也在悄悄发生变化,一些"先进派"的内容创作者已经开始了解和钻研元宇宙,逐步与另一些"保守派"的内容创作者拉开差距。正如过去的电子商务、短视频领域,最早且吃到最多红利,并奠定了稳固地位的,就是最开始关注和接触它们的人。AI和元宇宙时代的到来已经是大势所趋,在事物发展还未完全成熟的阶段,提前准备,就意味着未来有更强的竞争力。

1.元宇宙与儿童内容领域的融合

元宇宙的发展与应用,对各行各业都将产生重要影响,内容创作领域也不例外,而儿童内容作为内容创作领域中的一大版块,也同样需要积极地与元宇宙融合,借助元宇宙的力量,铺开儿童内容领域的新视野、新局面。元宇宙与儿童内容领域的融合,已成为必然的趋势。

（1）儿童故事+元宇宙

2023年3月29日，由国家广播电视总局、四川省人民政府主办，成都市人民政府、中国网络视听节目服务协会承办的第十届中国网络视听大会专题论坛系列活动正式启动。该届大会专设网络音频产业发展论坛，以"元宇宙开启声音新未来"为主题，就元宇宙助推网络音频行业发展进行探讨。值得一提的是，在该活动中，"凯叔讲故事"平台创始人王凯出席了活动，并发表了"孩子们的元宇宙"主题演讲。

有关"凯叔讲故事"平台及凯叔本人，笔者在前面的内容中已经详细讨论过，此处不再赘述。"凯叔讲故事"作为儿童内容领域中的"优秀代表"，在深耕内容的同时，也一直在积极探索新的表现方式。当元宇宙概念逐渐进入人们的视野，凯叔及其团队也嗅到了元宇宙带来的更多可能性。显然，尽管目前元宇宙还未普及应用，但随着元宇宙的逐步发展与落地，儿童故事与元宇宙的融合必然是儿童内容领域的大势所趋，因为元宇宙能够提供身临其境般的体验感，可以让孩子们亲临故事场景，近距离接触故事中的人物，更直接地参与到故事发展中去。因此，对于儿童内容创作者来说，如果不尽早熟悉元宇宙的应用，将来当其他创作者将儿童故事与元宇宙融合，为孩子们提供沉浸式故事体验时，相比之下，仅局限于文字、声音、图像的故事就不具备吸引力了。

此外，在凯叔看来，元宇宙是现实世界的一种映射，它存在的价值就是和现实世界产生联结，这和内容创作有着一定的相似性。凯叔认为："当元宇宙时代真的到来，好内容仍然是元宇宙的重要支柱。"在演讲中,凯叔还通过两个"故事中的故事",展现了如何通过奇妙有趣的故事,为孩子搭建可以畅游和成长的元宇宙虚拟世界,以及如何实现孩子们与元宇宙虚拟世界中的故事人物之间的交流和互动。

笔者非常认同凯叔在演讲中传达的一种观点:"千万不要觉得所谓的元宇宙、虚拟世界给孩子带来的是虚幻,好的作品给人带来的是一种精神滋养、一种精神支撑,并且人确确实实会在好的文艺作品中得到成长,得到疏解,得到治愈。"对于儿童内容创作者来说,不管元宇宙科技如何发展,"好故事"永远是核心要素,只有坚持做好故事,写好故事,讲好故事,由元宇宙打造的虚拟世界才可能真正打动儿童用户,同时为儿童带来童趣、快乐、正能量和正确引导。

事实上,儿童内容与元宇宙的融合,不仅体现在故事与科技的融合上,还体现在内容与概念的融合上。举例来说,中国童话作家与艺术家——被誉为"童话爸爸"的周艺文,其新近创作的《元界山海》系列科幻小说,分为大荒篇、废土末世篇、寒武再临篇、星际篇,讲述了人类进入了超智能时代,衣食住行都高度依赖互联网,不管是办公还是娱乐活动,都是通过脑机联通设备,然后进入到AR与XR技术相结合的元宇宙中去实现,而"元界山海"是一个正在开发的VR元宇宙虚拟景区,在这里,一个智能AI突然觉醒……

周艺文认为,把《山海经》融入科幻小说的创作中,通过未来科学家把《山海经》还原成一个全新的元宇宙世界,可以让青少年们感受到《山海经》的新乐趣。

（2）学习教育+元宇宙

教育与元宇宙的融合，是自元宇宙概念火爆以来备受关注和讨论的一个话题。我们知道，元宇宙是一个完全沉浸的、超时空的、自主维持的虚拟共享空间，在这个虚拟空间里，融合了物理世界、人类世界和数字世界，每个用户都可以通过注册登录，在这个虚拟空间里拥有自己的虚拟身份，然后通过终端设备，实现与虚拟环境和其他虚拟对象、虚拟事物之间的交流和互动。在这一前提条件下，通过元宇宙为学习活动提供虚拟空间和资源，帮助教师更加灵活地使用教学方法，以及让儿童群体更直观地接触和理解教学内容等目的，就都具备了一定的可行性。这种沉浸式的学习体验，将会大大提高学习的乐趣和效率。

例如，元宇宙可以提供高度真实的3D虚拟课程，还能够自由切换不同的3D教学场景，实施传统教学中无法实现的教学活动，比如随时随地跨时空、跨地域、沉浸式的实践式教学。如儿童群体在学习历史文化时，可以通过元宇宙虚拟世界，进入各个朝代，亲临不同的场景，近距离接触各个历史人物，在亲身经历和体验中学习历史；如学习英语的最佳方式是场景化，元宇宙可以为儿童创造英语环境，让儿童置身于英语场景中，这对于学习包括英语在内的所有语言都是非常有利的；如学习物理和化学，可以通过元宇宙更直观地感受其原理和形成等；再比如学习古诗词时，孩子们单纯看"疑似银河落九天"这句诗词，未必能理解其情景，而借助元宇宙制作出这样的场景，孩子们就可以立马感受到这句诗词所描述的是什么，这种以可视化、空间化为特征呈现教学内容的方式，对于孩子们的学习是有着巨大的帮助的。

2.元宇宙中儿童面临的风险

（1）身心健康问题

笔者在前面的内容中已经介绍过，元宇宙虚拟世界与现实世界之间的联结需要靠终端设备的支持，如《头号玩家》中VR眼镜，就是让用户从现实世界进入虚拟世界的"纽带"；而在美国，已经有不少儿童因为使用VR头盔，出现了恶心、眩晕、头昏，甚至丧失空间意识、迷失方向等症状。当然，随着元宇宙虚拟空间的发展和应用不断升级，未来终端设备也会不断升级变化，但不论是VR眼镜还是其他更加高端的设备，由于是电子设备，若长时间使用，就很容易导致生理不适。再者，在虚拟沉浸式环境中行走、跳跃或坠落时，由于身体产生的实际感受会滞后于眼睛接受信息的速度，也容易导致生理不适。

而除了生理健康外，心理健康也是一大问题。在电视机普及的时候，出现了大批看电视上瘾的儿童；网络普及后，出现了大批网瘾儿童；短视频普及后，又出现了很多对短视频重度痴迷的少年儿童。今后随着元宇宙的应用，沉浸式体验感很容易让人上瘾，尤其是儿童群体，因为大脑尚未发育完全，认知和判断能力不足，很容易出现元宇宙成瘾、分不清现实与虚拟、沉溺于虚拟世界等心理问题。

此外，元宇宙作为虚拟空间，监管难度较大，监管体系形成时间长，因此很容易出现各种不当的内容，比如色情内容、暴力内容以及性骚扰、欺凌等。在国外的一些游戏创作平台上，用户可以创建虚拟的脱衣舞俱乐部，允许未成年人向成年人提供虚拟舞蹈等服务，这些对儿童有着"致命吸引力"的内容，会对儿童的心理健康造成严重的危害。

（2）隐私信息问题

众所周知，如今的大数据分析已经非常厉害，我们日常在刷短视频、逛购物软件时，总能刷到我们喜欢的内容和产品，就是因为大数据根据我们的日常浏览记录、页面停留时间、购物记录等，准确分析出我们的喜好。在元宇宙中，大数据分析也会继续发挥它的"超能力"，以VR头盔为例，其中包含的摄像头和传感器，每秒钟可以追踪90次身体运动，涵盖了头部和手部等18个不同部位的运动类别。一名儿童玩20分钟的VR游戏，数字设备就会记录下这名儿童的200万条独特的身体语言数据，通过这些数据可以进一步挖掘出这名儿童的"运用特征"。

除此之外，VR的眼部追踪器还可以测量用户的眨眼时间、瞳孔扩张和虹膜纹理等，身体传感器可以捕捉用户的心率、肌肉紧张度、细微面部表情等，最终可以"准确计算"出用户的人格特征、文化归属、喜好等，从而进一步预测用户的行为，实施精确的定向内容推送或者广告投放。自控力不足的儿童将对此毫无招架之力。

> **链接：**
> 　　对于包括儿童内容创作者在内的所有内容创作者们来说，越早了解和掌握智能化创作手段，就意味着越早具备在内容创作领域中的竞争力。随着人工智能和元宇宙对各行各业的影响日渐深入，对于儿童内容创作者们来说，更早"上车"，就更容易成为享受到人工智能时代红利的一批人。

第5章

内容变现：让用户和市场笑着买单

如果说，创作者的情怀与梦想是激发创作热情、促使创作者们走上创作之路的精神动力，那么，作品的变现就是支撑创作者们保持创作热情、持续走在创作道路上的现实能量。任何创作，只谈梦想而不谈变现，都是不现实的，儿童内容创作亦是如此。让作品生钱，才能让梦想延续，这是不变的市场规律，也是创作者们无法忽视的环节。

一 章节介绍

不论是个人创作者,还是团队或公司,如果只知道一味地埋头生产内容,那结果往往是付出了大量的时间和精力,反响却并不理想。一方面,作品流量不稳定,粉丝增长速度缓慢,黏性低,不愿意为内容付费;另一方面,变现渠道十分有限,经济效益低,创作者容易陷入困境。因此,打造IP尤为重要,IP不仅意味着自带流量,还意味着围绕内容的多产业开发与产品衍生都将变得简单,变现渠道会越来越多。

建立并完善儿童内容品牌IP

新媒体时代,"打造IP"成为一个常态化的词汇。那么,究竟什么是"打造IP"呢?根据百度百科的定义,打造IP是指企业、个人的IP打造,通俗一点来说,就是形象打造和形象包装。这里的形象打造和包装,不单单指艺术照、宣传视频、个人外形塑造等"面子上的功夫",还包括个人内涵提升和人设塑造等各方面。此外,IP最早来源于一个故事的意识形态,IP的判断标准有以下两点:第一,它需要具备原创性、衍生性、互动性和粉丝属性,也可以理解为它具有一定量的粉丝或忠实用户;第二,它要能够与人们产生文化与情感上的共鸣。

很多人认为IP就是一部小说、一部电影或一个人,比如"盗墓笔记就是一个IP"这种说法虽然很常见,但从严格意义上讲,这样说并不准确。实际上,这些电影、小说或其中的人物都只是IP的载体。要知道,一个强大的IP能在小说、有声故事、动画、漫画、游戏、电影、电视剧、舞台剧等各种文化创意形态里自由转换,形成一部部作品,并且IP因为自带流量,所以在各种文化创意形态下,基本都能在进入市场后的短时间内就产生不错的反响。总的来说,我们可以把IP理解为一种以具象化形象为载体的感情寄托。在新媒体时代,文化产业的IP打造尤其重要,任何一个IP的成功,都离不开个人或团队对建立IP和完善IP的一系列"行动"。

首先，在内容为王的新媒体时代，优质的内容是打造IP的第一步。因此，创作者必须以生产最优质的儿童内容为第一原则，每一个作品都要用心打磨，并同步打造人设，进一步辅助IP的建立。比如"凯叔讲故事"最早定位以"爸爸"的形象给孩子讲故事，到后期全面性地以"凯叔"的称呼和形象来给孩子讲故事及面向公众，这都是打造IP的手段。

此外，建立儿童内容品牌还在于搞好内容经营。内容经营是指通过创造、编辑、组织、呈现网站或者产品的内容，从而达到提升互联网产品的内容输出价值、提高用户黏性和活跃度等目的的运营行为。做好内容经营，是进一步完善IP以及实现IP影响最大化的关键。比如，对于一些创作团队来说，在策划选题时，策划编辑和运营人员可以通过举办线上活动，对用户进行产品调研，然后再仔细地分析调研结果，并且以结果为导向，为选题做参考。像这样以用户需求作为出发点的内容经营模式，很难不吸引大量的粉丝用户。

另外，对于创作团队来说，在规划一个产品的时候，首先就要想到内容的后续联动和融合，比如怎样才能让音频和图书两种介质互相配合，图书如何帮助付费音频实现增长，怎样帮助平台拉到新用户，等等。当创作者学会把期望达到的目标放在内容创作的前面，然后根据目标策划内容，就已经超过很多同行竞争者了。如果有朋友对此存有疑问，不妨静下心来，试想一下，当创作的人从用户角度出发，通过认真聆听用户的声音，决定生产什么内容，然后进行内容生产、加工，接着把合适的内容对应地匹配给合适的用户，这样的内容怎么能不火爆呢？而做好内容经营，正是建立IP的第一步，也是关键所在。

要进一步完善IP，还需要在产品的周边开发和产品衍生等方面下功夫。例如，在原创故事的基础上积极探索研发IP衍生品，包括基于各类原创故事、结合IP品牌赋值，创建包罗万象的"家族系列"。以凯叔讲故事为例，磨砺意志、增长智慧的《凯叔·三国演义》随手听，记录了从夏商周到清末虎门销烟这段历史中300个故事的《凯叔讲历史》丛书，汇集全球12位顶级设计师、研发多达22个细节创意、历时231天打造出的"凯叔学习桌"和"凯叔Family"等，都是凯叔IP原创故事的产品商业变现。毫无疑问，围绕IP开发和衍生的"家族系列"是具有巨大的市场空间以及产品深度迭代价值的。

此外，创作团队还要学会通过知识付费的方式完成盈利与变现。一方面，可以通过免费故事来开展用户体验。另一方面，循序渐进地开设付费故事，可以采用"单品付费"或"会员专享"两种方式：一是拥有单一精品故事的所有权；二是成为会员可以无限时、无限量地畅听所有的故事内容。我们还可以对非会员开放"关注公众号限时免费领取会员""邀请好友免费成为会员""0元抽奖"等活动，这样有利于为IP引流、增加粉丝数量、活跃用户和进一步刺激消费。

当流量和热度不断提升，我们还可以将目光投向电商产品。虽然如今电商行业竞争激烈，但有IP热度和粉丝基础加持，会更容易打开门路。比如，我们可以围绕爆款儿童内容，聚焦父母及儿童双重客户属性，以家庭为主要出发点，购买方式也采用直接购买和拼团优惠采购两种方式。此外，还可以打造电商平台，在平台上根据受众属性将产品进行分类，包括适合儿童进阶教育的"童书系列"、创意学习用品的"文体系列"、在玩耍游戏中获取知识的"玩具系列"，以及父母喜爱的包含居家家电及食品零食在内的"生活系列"等。在具备一定的资金实力以后，还可以从线上延伸到线下，大力投资线下实体店的建设经营。以"凯叔讲故事"为例，其线下实体店除了拥有"凯叔家族"等自有IP产品，还积极与国内外知名的母婴品牌和优质渠道商联名合作，推出凯叔IP下的优质产品。线下实体店是"凯叔讲故事"重点发展的战略布局，现阶段覆盖全中国26个省份，已签约100多个城市合伙人，建立线上线下生态闭环，并尝试将"凯叔讲故事"非课堂儿童知识引入幼儿园教育体系中，建立模范教育试点。推广"让更多孩子拥有幸福童年"的理念。这些对于我们来说，也是极具参考和学习价值的。

> **链接：**
>
> 在互联网日益发展的今天，儿童内容产业前景大好，新媒体生态为其提供了诸多选择。与此同时，越来越多的创作者进入儿童内容创作领域，打造IP也成为每个创作者的梦想，因为IP意味着自带流量，也意味着周边产业链将更快走向成熟。而打造IP说难不难，说易不易，关键在于内容创作、产品开发和"新媒体+"多元发展等多方面的共同发力。

从创作到策划,实现 IP 化布局

要实现儿童内容 IP 化布局,创作者应当充分做好规划准备,按照 IP 化布局流程,逐一落实。

首先,在正式开始内容创作之前,就要根据用户特征做好精准定位。如果前期的用户定位没有做好,就无法稳定儿童用户的黏性,也就不能真正留住他们。那么如何做好用户定位呢?一是要明确自己为哪个阶段的儿童服务,旨在为儿童提供哪些方面的价值等;二是要充分认识和考虑到,儿童用户的黏性与家长有很大的关系,尤其是幼年儿童和学龄前儿童,基本上是靠父母帮忙选择适龄的内容。此外,这两个阶段的孩子还处于建立价值观的初期,没有甄别内容好坏的意识与能力,自然也就难以对内容形成黏性。总而言之,幼年儿童和学龄前儿童在使用数字电子设备上,家长的干预性不容忽视,要做好这两个阶段的儿童内容,就必须赢得家长的认可。

然而,这样一来,内容创作就容易偏离正规,很容易从为儿童服务变成讨好家长用户。笔者认为,在儿童的四个阶段中,青少年儿童的黏性是最容易培养的,因为他们已经有了一定的判断力和认知力,与父母的沟通能力也在逐年加强,因而在儿童 IP 的选择上更加有话语权。

当然,以上建议仅为笔者个人观点。创作者究竟要创作什么样的内容,选择"谁"来作为内容的受众,还取决于创作者自

身，包括自身擅长的内容、感兴趣的方向等。但不论如何，在正式开始内容创作之前，一定要明确内容定位，包括内容的类型、形式和主要受众群体。

在明确内容定位以后，就要进入正式的内容创作过程。笔者认为，基于IP"要能够与人们产生文化与情感上的共鸣"这一特性，创作者需要重点关注作品的情感特性。根据儿童的心理特征，他们在感受作品方面会比较情绪化，所以在打造儿童IP的时候，至少要保证IP是具有"人格"的，即具备强烈的人的情感特性。一方面，这样的IP能够产生非常强的亲和力，迅速拉近与儿童用户之间的距离；另一方面，会更容易引起孩子们的情感共鸣，也会与孩子们产生情感交流，从而使儿童提升好感和幸福度，甚至成为他们长大以后的童年情结。

最后，就是将基于情感特性的内容创作不断"放大"，充分利用互联网的传播优势，通过各类社交媒体对作品集IP进行宣传，如微信、微博、抖音等。值得一提的是，"两微一抖"正是当前主流的运营布局。社交媒体是承载儿童内容的渠道和互动方式。比如，创作者们可以通过社交媒体倾听孩子们及其家长们的意见，了解他们对作品的评价、关心的问题，以此反思作品的不足，进行调整和完善，并且可以以家长和孩子们的"真实表达"（包括建议和吐槽等）为基础，创造出他们感兴趣的相关内容。

在推广方面，社交媒体是儿童IP的重要推广渠道之一。儿童IP如果想保证鲜活的生命力，势必需要多元化的拓展，这就要借助社交媒体的力量来推广内容，尤其是个人创作者或者刚刚起步的创作团队没有太多的资金投放在宣传和广告上，这时候社交媒体账号无疑是最优的推广渠道之一，而且效果良好。需要注意的是，不同社交媒体的属性、特点和用户群体不同，最好提前确定好该渠道主要受众群是儿童还是家长，他们对哪些内容感兴趣，然后提前规划，最后针对不同的渠道编辑、推广内容，打造专属粉丝群。

在某一儿童作品积累了一定的流量和粉丝，呈现出"爆款"迹象时，创作者不能指望一直靠着这一个作品活下去。IP的商业价值和文化价值的维持，是需要不断注入新鲜活力的，因此创作者应当抓住时机，围绕爆款作品持续进行系列更新。当然，要保证内容的质量。否则不仅不能为IP的完善助力，还可能影响IP的深化。同时还可以进行内容形式的转换，例如绘本故事有声化、有声故事转视频故事等，然后在不同内容形式的平台上发布，互相引流，扩大作品及IP的影响力。

需要提醒各位创作者的是，儿童IP由于其特殊性，使得拥护它的粉丝主要分成两大类：儿童和儿童的家长，即双重用户。虽然儿童是IP服务的最终目标，但是儿童家长才是让IP变现的执行者，如果一个IP非常受孩子们喜欢，可家长不买账，儿童IP最终仍将面临生存问题。因此，当IP初步建立，且形成一定影响力后，围绕IP进行产品开发时，一定要同步考虑到家长用户的需求，如"凯叔讲故事"就针对家长用户，开发了亲子课程、育儿课程等，还在其电商平台上为家长们提供了包括家具家电、生活用品等在内的购物版块。

> **链接：**
> 　　一般来说，一个成功的IP应该是由IP本身的内涵及其变现形式共同决定的，然而，目前我国儿童IP变现的整体情况并不是很乐观。一方面，我国很多经典的儿童IP欠缺IP周边的生产与运营能力，由于诸多原因，大多数情况这些儿童IP是被一次性消费的，导致最终无法形成完善产业链，只能慢慢退出时代的"舞台"。而另一方面，一些价值不高且缺乏长久生命力的IP，因为资本运作和平台导流，以及迎合市场的批量"生产"行为，取得了一时的"火爆"，但无法维持市场价值。

变现模式："新媒体+"多元化发展方向

　　变现，是儿童内容创作以及IP打造绕不开的终极话题，进入了变现阶段，实际上就是要开启跨界运营和商业化运作的经济效益模式。

　　跨界运营，是指在泛娱乐时代下，随着科技进步与意识变迁，融合趋势在商业运营中日益凸显。所谓"融合趋势"，主要是指不同领域、行业、文化和意识形态等范畴相互渗透而形成的新事物，使得原有的几个范畴呈现你中有我、我中有你的融合态势。IP跨界运营就是让不同行业实现合作，产生碰撞，并实现"多赢"，形成一条丰富的产业链。毕竟，对于IP来说，单单靠IP

授权和自主开发周边衍生产品，根本不足以填补为了延续IP生命力而在开发运营上耗费的资金缺口。但如果选择多元化、多产业合作，结果就不一样了，除了能提升热度之外，品牌的广告赞助、跨界合作的流量变现等，都能让资金迅速回流。而对品牌来说，"跨界"合作成为品牌新的突破口，在目前经济的大趋势下，为商业品牌引入知名IP跨界合作，实现话题、内容及粉丝流量赋能，同时扩大产品在线上和线下的传播能力，将是最有效的、积极的解决方案之一。但需要注意的是，并不是所有IP都能够成功跨界。

笔者认为，如果一个IP能实现跨界，足以说明它是一个优质IP，具有多种潜质，才能够被不同的渠道开发、使用并取得良好效果。换句话来说，只有那些优质的IP才能够突破行业的边界，更好地呈现产品的文化价值和经济价值，唤醒产品的"潜藏价值"。目前，"新媒体+"多元化发展主要有"新媒体+图书""新媒体+影视动画""新媒体+在线教育""新媒体+电子商务""新媒体+电视内容"等开发渠道。

5.3.1 "新媒体+图书"

一些朋友认为，进入了新媒体时代，就意味着网络化传播方式（如有声内容、视频内容等）将彻底代替纸质图书，纸质图书应当被全面淘汰。笔者可以肯定地说，事实绝非如此。纸质图书的确会逐渐走向有声、视频和直播舞台，但不代表纸质图书不再具有任何市场价值和经济效益。相反，如果能够运营宣传得当，创作者还将会多一种收益渠道。

以"凯叔讲故事"为例，与许多单方向将纸质图书转换为有声内容或视频内容的平台不同的是，"凯叔讲故事"不仅对书本上的内容进行二次创作，改编转换为声音内容，也会反过来将原创声音内容经过加工，转换为书面化文字，然后以出版读物的形式卖给粉丝用户们。例如"凯叔讲故事"平台上的火爆节目《神奇图书馆》，讲述的是梦溪小学有一座神奇的图书馆，图书馆馆长凯糊涂老师是三年级学生吴天天、董晓雨、张小胖、郑大海组成的科学小组的辅导老师。凯糊涂老师拥有一支神笔，可以使出各种法术，还拥有一艘用无数本书拼成的飞船，每当孩子们对某个科学或历史知识有疑问时，凯糊涂老师神笔一挥，神笔、飞船就会带着孩子们上天入地，让孩子们直接飞入各种场景之中，亲身体验，以达到科普知识的目的。有趣的故事设定吸引了大批儿童粉丝。

目前，《神奇图书馆》已推出了四部，其中《神奇图书馆第一部》涵盖5大领域：人体、宇宙、恐龙、植物、动物；《神奇图书馆第二部》通过带领孩子进入海洋、昆虫、飞鸟的世界，让大家沉浸式体验科学魅力；《神奇图书馆第三部》开启了人文历史新篇章，带领孩子们深入故宫、兵马俑、敦煌三大人文景点，亲历明清、秦汉、隋唐六朝的文化历史；《神奇图书馆第四部》则继续人文历史的科普之旅，带领孩子们穿越时空，回到三国、唐朝、宋朝，"集卡"三国群雄，跟随李白游唐朝，跟随苏轼探索宋朝百景……

自上线以来，《神奇图书馆》系列一直十分受儿童用户喜爱和家长的认可，截至笔者收录信息之际，音频总播放量已高达15

亿,这样的数据为IP转换奠定了"坚实"的基础,因此凯叔团队决定将其出版。在经过策划、编辑、设计、制作、印刷、文字转换等一系列流程后,最终推出了《人体大冒险》和《回到恐龙时代》等系列图书17册,累计销量已达70万册。其中,《神奇图书馆·海洋X计划》还获得了首届"少儿科幻星云奖科普型科幻小说金奖"。而除了《神奇图书馆》系列外,爆款作品《凯叔讲历史》,也经由策划、编辑、印刷等一系列流程,成功地由有声故事转换成了图书,销量同样可观。

笔者需要强调的是,将儿童有声故事或儿童视频故事转换为纸质图书是有前提条件的,即内容的原创性。将他人的内容转换为图书形式,需要经过原创作者的授权,这并不是一件容易达成的事情。而且,对于创作者而言,这样的改编意义并不大。只有将创作者自己的原创内容,从有声或视频等形式转换为图书形式进行销售,才能在实现经济效益的同时,助力个人IP持续深化。

5.3.2 "新媒体+影视动画"

很多朋友应该还记得,2019年,一段名为《啥是佩奇》的先导宣传片,火遍全网。短片讲述了一个老汉为了孙子寻找佩奇的故事。短片发布以后,迅速在网络上掀起一阵热潮,刷爆了各大社交媒体平台。此时,距离"小猪佩奇身上纹,掌声送给社会人"这个梗火爆网络之时,已经过去了很长一段时间,有关"佩奇"的话题已然成为"老梗",但因为这段名为《啥是佩奇》的宣传片,它又成功杀回了中国人的视线,并且为当年《小猪佩奇过大年》拉了不少票房。这种爆火现象绝非偶然:一方面,当时正值春节，短片里呈现的正是有关春节、团圆、亲情、过年的内容，很容易引起共鸣；另一方面，则是因为《小猪佩奇》自带流量，尽管当时有关小猪佩奇的网络热潮已经过去，但这种具有粉丝基础并被公众熟悉的IP就如同一颗炸弹，一点就会"爆"。

而事实上，像这样借助新媒体的传播优势和IP的影响力成功进军电影圈的，《小猪佩奇》也只能算是"晚辈"。

早在1990年，童话大王郑渊洁的皮皮鲁总动员系列，就被改编成了电影《魔方大厦》。值得一提的是，这是一部题材和风格与原动画截然不同的电影，电影类型标签是"惊悚""猎奇""反乌托邦"，也因此被很多人笑称为"儿童阴影"。与《魔方大厦》相比，另一部根据郑渊洁的《舒克与贝塔》改编的电影《舒克贝塔历险记》更加经典，舒克和贝塔这两个勇敢保卫世界和平的角色形象，也令人印象深刻。事实上，有相当一部分人是先看了影片，之后才知道图书，甚至一些看过电影的人至今没有看过图书。显然，影视的传播范围更广，更容易为人们了解和熟悉。由此可见，纸质图书影视化的效果，早就经过了验证。

到了今天，随着新媒体时代的到来，影视化内容的传播效果显然远远优于纸质图书，同时，图声像结合的影视化内容因能提供更佳的"视听体验"，深受儿童群体的欢迎。对于儿童内容创作者们来说，作品影视化无疑又是一条深化IP、助力内容变现的"新出路"。

5.3.3 "新媒体+在线教育"

近年来，随着数字技术的普及，全民阅读的方式发生了巨大变化，有声读物的用户数量正在逐年上升，而这也促进了网络音频平台的飞速发展，以及有声内容在儿童内容市场的良好表现。基于此，有声读物已然成为数字出版和数字阅读的研究重点。同时，随着数字阅读日渐趋向智能化，儿童有声读物也呈现出新的变化，主要表现为数字信息技术的飞速发展和大众的碎片化阅读习惯，促进了网络音频平台与少儿图书的融合发展。换句话说，在数字技术和网络传播的推动下，有声读物出版成为传统出版机构数字化转型的实践路径之一，比如少儿图书可以通过与有声平台的结合，借助新媒体优势，在为读者提供更加便捷的阅读体验的同时，扩大自身IP的影响力。"新媒体+在线教育"模式的到来，在一定程度上也决定了有声出版的新走向。

笔者认为，"新媒体+在线教育"模式将会开启儿童内容传播的新局面，在这一模式下，儿童对于少儿文学经典、诗词国学之美的认识都将得到重塑。我们知道，少儿时期的启蒙教育对个人的未来发展十分重要，而少儿图书承担着启蒙教育的责任。但幼年儿童和学龄前儿童识字不多，直接阅读图书并不现实，父母陪读往往也只能将书本中枯燥的书面化语言直接表达出来，很难吸引到儿童。在这种情况下，有声读物具备的趣味性和教育性，刚好能满足少儿启蒙教育的需求，也正因为如此，"新媒体+在线教育"成为众多家长的选择。

事实上，"新媒体+在线教育"已然成为一种趋势，而目前儿童有声读物平台市场前景良好，仍具有巨大的上升空间。因此，少儿图书与其结合，不仅可以实现优势互补，还有助于提升儿童内容IP品牌的影响力和权威性。另外，网络音频平台完全可以依托中小学教辅出版发行的中坚力量（各大出版社）多年教育资源的优势，来深度挖掘精品内容，从教育出版专业角度，围绕课程教育、课外阅读和家庭教育，推出少儿文学、经典文学以及亲子阅读等多种儿童内容，致力于为阅读儿童读物的读者和使用教材教辅的学生提供精细化服务。

笔者认为，充分借助互联网的宣传优势和互动性优势，将少儿图书与网络音频平台结合，不仅可以扩大图书的影响力，也能增强读书节目的趣味性，这种融合性的"在线教育"模式为儿童用户提供了视觉和听觉的双重享受，对于家长来说，这种兼具娱乐性和文化性的儿童内容新形式也能令其满意。

以"皮皮鲁总动员"系列图书为例，其出版和运营可以称得上是少儿图书IP品牌传播的范例。该系列作品围绕皮皮鲁、鲁西西、舒克、贝塔、大灰狼罗克等郑渊洁童话人物的故事进行品牌开发与运营，涉及出版、影视、互联网等多个领域。"皮皮鲁总动员"系列图书已有长达40年的品牌历史，其在亚马逊上的月销量达2万册，上架图书170多本，此外还开设了"有声读物"，在喜马拉雅平台的粉丝数高达40万，居儿童类电台排名榜第一位。"皮皮鲁总动员"系列图书还注重强化线上线下结合的双传播渠道，除了每年开展线上授课，进行在线教育，还开发玩具、学习用品、限量版收藏等多元化产品，使品牌IP得到综合开发。

5.3.4 "新媒体+电子商务"

电子商务的起源,最早可以追溯到20世纪70年代的美国。当时美国的一些公司开始尝试使用电子数据交换技术进行商业交易,之后随着互联网的普及和发展,电子商务在20世纪90年代开始兴起。而国内电子商务也是在1990年进入起步期,1993年进入雏形期,1998—2000年正式进入了发展期。此后,随着互联网技术的不断发展,电子商务的基础设施日益完善,为其发展提供了强大的支持,尤其是近几年来,在新媒体环境下,电子商务的发展势头更加迅猛。

事实上,新媒体技术在电子商务中最直接、最根本的作用就在于用户触达的多样性和数据分析的有效性,而新媒体对于电子商务发展的意义,就是把原来新媒体的受众吸引成为电子商务的潜在消费者。一方面,新媒体可以为电子商务提供多元化的推广方式,例如,通过社交网络、短视频、直播等新媒体形式,可以全方位展示儿童品牌、内容和产品的信息,尤其在产品方面,可以立体式展示产品特性、使用方法、安全性能等,此外还可以展示消费者评价和推荐内容,从而帮助潜在消费者更好地了解产品。同时,新媒体还能够提供个性化的推荐服务,根据用户的消费习惯和喜好,推送最符合他们需求的产品信息。另一方面,新媒体还可以帮助儿童内容及衍生用品等建立良好的品牌形象,例如通过讲述品牌故事让消费者更好地了解品牌背后的价值观,从而建立更加忠诚的品牌关系,提高消费者的粉丝黏性。

在新媒体环境下,传统出版业也逐渐多媒体化,儿童内容产业正逢发展良机，儿童内容也成为文创产业升级的重要价值支点。随着儿童内容IP热的兴起，越来越多的优秀创作者进入儿童文学创作领域，联合相关产业合作开发品牌、吸引资本涌入，创造了大量优质IP，并乘着新媒体的东风，积极进行立体式商业开发。"新媒体+电子商务"就是一种利用新媒体平台进行电子商务活动的新型商业模式，这种商业模式明显促进和刺激了儿童内容消费。

以"皮皮鲁总动员"为例，该IP运营团队将包括微博、抖音在内的多个新媒体平台作为传播渠道，通过发布能突出系列作品的风格、特点的儿童内容吸引用户关注，同时也通过这些平台进行内容和产品的推广和营销，当用户对推广的产品产生兴趣时，可以直接通过链接跳转或点击在线店铺进行购买。

儿童文学品牌的未来是IP化生存，即围绕IP进行系统化开发的商业模式，以此延长作品的生命周期。一方面，要以不同形式在多元化媒介平台上分发，影响不同的受众人群，获得流量和热度，引发口碑传播，与受众建立深度联结；另一方面，跟随新媒体内容付费和客户端电商的潮流，充分利用"新媒体+电子商务"模式的优势，提高儿童内容品牌的知名度和曝光率，吸引更多消费者关注和购买。

5.3.5 "新媒体+电视内容"

在新媒体时代，"新媒体+电视内容"无疑是儿童内容多元化发展中不可缺少的一环。

以"小小优酷"为例，作为优酷旗下的一款产品，它是一款打造少儿内容的专属平台。2022年2月22日,小小优酷·快乐加番——2022年度内容推介及产业战略发布会在北京举行,发布会上宣布"优酷少儿·小小优酷"双品牌升级。优酷少儿作为少儿频道及内容播放平台品牌,将以精品化、IP化、赛道多元化的内容,深耕服务用户。"小小优酷"承担了打造亲子产业化品牌的重任,真正打通从孩子观看到亲子消费的转化通路,为亲子家庭提供了更多维、更丰富的内容体验。

同时,"小小优酷"APP是一款学习教育应用,是优酷全力打造的儿童易懂的学习平台,包含丰富的英语、儿童、童话故事,以及精彩动画,让孩子享受愉悦的移动学习服务。自上线以来,"小小优酷"在少儿内容的产业扩容方面持续发力,打造了一条集生产、宣推、营销服务、售卖于一体的少儿全产业IP化链路。借助"新营销模式","小小优酷"在数据加持、内容宣推、商品触达、整合营销四个维度全方位地助力IP成长。"小小优酷"还从品牌背书、IP赋能、研发赋能三个方面,与产品进行深度合作。同时,"小小优酷"在生态布局上,形成了"货品+宣发+销售"的三元矩阵,线上自建了8家直营店铺,线下布局了1200余个销售网点,通过与天猫、淘宝、聚划算等平台合作,实现从内容到消费的衔接。

"小小优酷"APP还是一款针对小朋友的卡通明星视频软件。内容涵盖儿歌、英语、故事、幼教等多个领域,共计10000余条内容,家长们可以在平台上为自己的孩子找到最适合的内容。"小小优酷"具有一键切换少儿模式、适龄推荐、黑名单、自定义时长防沉溺四大主要功能。"小小优酷"是新媒体时代下电视节目领域对儿童内容IP化的积极探索,而电视作为传统"老大哥",也必将占据一席之地。

> **链接:**
>
> 随着互联网多媒体技术的高速发展,各种新兴媒体逐渐兴起,儿童内容依靠新媒体多元化实现IP布局和多产业融合,已经成为时代趋势。创作者应充分把握新媒体和互联网在宣传速度和广度、信息资源数量、互动性等方面的强大优势,助推儿童内容IP品牌的发展。

5.4 儿童IP运营:品牌运营+社群传播+IP产业链

儿童IP的立体式、全方位运营,主要有品牌运营、社群传播和IP产业链这三个传播路径。

首先,品牌运营。儿童内容品牌是极具价值的IP资源,既有市场效益的驱动,也包含受众对优质儿童读物的心理需求。对其进行综合开发,能够给相关的参与方带来实实在在的收益,推动少儿文化消费升级。一方面,品牌运营活动可以对儿童文学IP的内容、渠道等进行梳理;另一方面,又能把对孩子有很好的启蒙作用、在市场上颇具影响力的超级畅销书进行整合,从而实现图书、动画片、舞台剧、教育培训、娱乐游玩等多种形式的产业的并存和融合，形成以IP为核心的儿童内容产业生态圈，再通过多路资本探寻，实现儿童内容产业化。

其次，社群传播。即通过开展社群传播，树立文化品牌。随着社会的变迁和新媒体的日益盛行，只有适应时代发展、满足受众需求、丰富传播内容，儿童文学IP品牌才能走得更远。"皮皮鲁总动员"系列图书作品不仅坚持以儿童视角看待世界，还通过栏目设置建立沟通渠道，向自己的读者约稿，提出口号"让你的作品和郑渊洁在同一本杂志上大放异彩"。例如，"郑渊洁与皮皮鲁对话录""皮皮鲁信箱""童言无忌""郑渊洁作品精彩语录辑录""舒克舌战贝塔"等栏目，都凸显了与受众互动交流的重要性。以"皮皮鲁信箱"为例，它是一个读编往来性质的栏目，当编辑部收到读者寄来的信件后，会从中选取一些信件，配上回复刊登在该栏目上，该栏目吸引了全国各地的大小读者参与其中。而当时读者们写的内容大多是对杂志文章和故事本身的探讨和感悟，也有对某些角色和剧情的吐槽和建议，这种颇具趣味性的互动有效提高了粉丝黏性，而读者的参与和传播也进一步扩大了该图书系列的影响力。

同时，作品还组建了"皮皮鲁亲子团"进行社群传播，运用"小鹅通""微讯云端""晒草稿"等知识服务与社群运营的聚合型工具，为知识分享者们提供知识服务平台。可以说，该系列图书中许多曾经伴随人们成长的童年故事，如《舒克和贝塔》《皮皮鲁和鲁西西》《魔方大厦》等，已经成为文学作品中的经典，皮皮鲁、鲁西西、舒克、贝塔，这些独具特色的形象充当着小读者的代言人，在郑渊洁独具风格的童话王国陪伴了一代又一代的小读者慢慢长大。"皮皮鲁总动员"系列图书以自己独有的姿态进入读者心里，读者将其对图书的喜爱转化为对文化品牌的信任，"品牌效应"得以形成。

"凯叔讲故事"也是如此。同时活跃线上与线下两个场域，积极开展阅读互动，是"凯叔讲故事"用户运营的另一个优势。线上互动可以帮助"凯叔讲故事"实现内容的多次传播，吸引用户注意力，形成品牌影响力；而线下互动有助于提高用户参与感，从而建立用户社群，进行阅读产品的衍生开发。事实上，"凯叔讲故事"最初由微信公众号发展而来，因此，微信仍是其主要的推广渠道。在发展过程中，"凯叔讲故事"建立了近3000个微信群。微信群鼓励去中心化，每一位用户都可以发表评价和建议，用户得以和凯叔团队直接联系。

在此基础上，"凯叔讲故事"以自身品牌形象入驻喜马拉雅、荔枝、蜻蜓FM等大型音频平台，主动与社交网站、电商平台、视频网站合作，多渠道并举，扩大了音频的影响力。线下活动则是线上活动的延伸，在线上积累了一定的忠实用户后，线下具有相同偏好的用户便形成了社群联盟。在此基础上，"凯叔讲故事"还通过讲故事大赛、建立实体书屋、举办儿童活动节，利用各种体验性活动加强了父母与孩子、父母与父母、孩子与孩子之间的亲密交流，进一步稳固了用户与"凯叔讲故事"间的联系。2017年，"凯叔讲故事"启动城市合伙人计划，通过策划读书会、知识讲座、父母课堂、成长训练营等主题活动，在全国各大城市启动线下主题活动，搭建起了以亲子阅读为主题的家庭社交中心。"凯叔讲故事"给自身定位是"儿童非课堂教育"。在有声读物基础上,"凯叔讲故事"不断研发儿童教育服务,探索IP品牌衍生产品,如凯叔图书、凯叔随手听、凯叔造物的"凯叔Family",涵盖艺术启蒙、学科必备、聪明大脑等主题教育课程,以及兼具文体、玩具、生活、母婴的电商频道,促进以音频为基础的儿童生态链的开发。

最后,IP产业链。凯叔认为,资本可以推动大规模内容生产工业制成品,但无法做到大规模生产工艺品,最优质的儿童内容必须是做到极致的内容工艺品,而"所有的好内容都是最专业的一批人点灯熬油拿时间堆出来的"。在此基础上,"凯叔讲故事"有节奏地推出《凯叔西游记》《凯叔·声律启蒙》《凯叔讲三国》《凯叔讲历史》《神奇图书馆》《凯叔365夜》等儿童故事,这些作品几乎都是"爆款",成为中国最大的儿童有声故事IP。而接下来便要开始围绕IP不断完善产业链,持续开发和挖掘IP的价值。以《喜羊羊与灰太狼为例》,这是一部由国内动漫文化产业集团公司奥飞娱乐打造的动漫作品,也是这家公司最早的动漫作品。2005年,《喜羊羊与灰太狼》播出后,迅速在全国范围内走红,并荣获了多个奖项,成为当之无愧的爆款。奥飞娱乐以此为契机,开始了全方位的IP开发,不断完善IP产业链,从玩具、服装、文具,到音像制品、网络游戏等皆有涉猎。如今,"喜羊羊与灰太狼"早已成为了中国动漫产业的著名IP之一。此外,奥飞娱乐还开启了"跨界融合"的产业模式,利用互联网、人工智能、虚拟现实等高新技术,打通上下游产业链,不断创新与迭代。显然,通过这种全方位的IP开发和跨界融合的模式,奥飞娱乐已然成功地打造了一条完整的儿童IP产业链,为中国的动漫文化产业树立了一个标杆，也为今天的我们提供了学习和参考的模板。

在前面的章节中提到的《小猪佩奇》也是如此，当《小猪佩奇》动画推出并迅速引起巨大反响之后，其背后的制作公司便开始围绕这一儿童IP，展开了完善产业链的一系列举措。例如在玩具和商品方面，公司选择与多家零售商合作，推出了包括玩具、服装、图书等在内的相关商品，此外，公司还与环球影城达成合作，共同打造了一座以"小猪佩奇"为主题的室内主题乐园，而除了实体商品和主题乐园外，公司也通过授权方式，与影视公司合作推出了一系列以"小猪佩奇"为背景的电影、电视剧等作品，使得这个IP的生命力得以延长，产业链得到持续完善。

> **链接：**
>
> 新媒体时代的到来，使得儿童内容市场的发展前景更为"辽阔"，儿童IP的打造，是每一个儿童内容创作者的目标。同时多元化发展已成为趋势，通过品牌运营、社区传播和IP产业链建立等进行全方位产业化运作，是打造出一个具有市场价值的大IP的必要手段。

第6章

责任担当：做有底线的内容生产者

儿童文学作家孙卫卫曾说：真正的儿童文学绝对不是随随便便写出来的，写作者首先要对孩子有一种责任感，写出的作品应该对他们的成长有益。然而，随着新媒体时代的到来，儿童文学的社会环境发生了巨大的变化，创作的网络化、低门槛，导致儿童内容愈发良莠不齐，一些创作者甚至为了吸引关注度，以一些具有吸引力但并不适合儿童接触的内容作为"亮点"，如"魔改"经典文学作品、创作血腥暴力的刺激性内容等。为了避免更多的儿童内容创作者在错误的道路上越走越远，或被引导至错误的道路，笔者认为用一整个章节来给创作者们"敲警钟"、指方向是非常有必要的，并且十分有意义。

一 章节介绍

凡是想要走得长远的内容创作者，就一定不能只是生产内容、传播内容，还需要保证内容的"正向性"，即输出正确的价值观、输出正能量、输出正确的知识等。尤其是儿童内容创作者，更应如此。相比于具有足够判断力的成年人，儿童群体特别是幼年儿童、学龄前儿童和少年儿童，受年龄和阅历的限制，他们的认知力和判断力还不足以让他们辨别出那些糅合在故事中的"负面内容"，对于是非对错也难以做出理智的判断，就导致他们会相信甚至模仿一些不当的语言或行为。这对于儿童的身心健康成长有着不可逆的负面影响，而这样的内容终将被时间淘汰，被家长痛恨，被社会唾弃。因此，对于儿童内容创作者来说，一定要严谨地审核自己的作品，是否触碰了禁忌。

儿童内容创作的禁忌

在教育领域有一个概念叫"毒教材",是指对读者的成长有危害的教材的统称。例如,2021年3月,第四部涉疆反恐纪录片就显示,一些人利用双语教育的特殊性,把歪曲新疆发展史和少数民族成长史的内容穿插到教材里,这就是典型的"毒教材"。"毒教材"是儿童内容创作的"大忌",相较于高中阶段和大学里的"毒教材",幼年儿童、学龄前儿童和青少年儿童这三个阶段的儿童群体接触到"毒教材"的影响会更加恶劣。因为高中以下阶段的儿童群体,具有自控力和判断力不足、学习和模仿能力非常强的特点,接触三观不正、引导不当的"毒教材",很容易被误导,从而产生一系列不良后果。

笔者认为,"毒教材"的判断标准主要是看书本、声音内容或视频内容中,是否有影响儿童心理健康、行为方式或认知体系的内容。不论是三者兼具,还是只占其中一点,都可断定为"毒教材"。

6.1.1 影响身心健康和行为方式

近年来,随着儿童内容市场逐渐打开,竞争也愈发激烈,不少创作者为了能在这个市场中"分得一块蛋糕",会通过一些"刺激性内容"吸引儿童用户,比如暴力内容、色情内容等。为何说这类内容对于儿童群体有着致命的吸引力呢?这是因为在家庭教育和校园教育中，这样的内容是不允许也不可能出现的。而正因为儿童"从未接触过"或者"被阻止接触"，在好奇心、新鲜感的驱使下，往往会对这类内容非常感兴趣，一部分儿童会因为接触了这类内容而产生心理阴影，还有一部分儿童会"痴迷"其中，甚至会不自觉或刻意学习和模仿其中的不当言行。对于少年儿童，即18岁以下，一般处于高中阶段的儿童群体来说，由于他们正处于青春期，荷尔蒙旺盛，一些暴力或色情的内容会影响他们的心理健康，刺激他们的生理行为，甚至会导致犯罪行为的发生，这也是家长们对于"毒教材"深恶痛绝的主要原因。

因此，在当前的新媒体环境下，即使儿童文学市场已经逐步向商业化发展，经济效益成为不可避免的话题和目标，但作为创作者或创作团队来说，千万不能为了追求自身经济效益，而忘记了儿童内容最大的价值是"教育"。一些暴力和色情的"刺激性内容"，虽然更容易吸引儿童的注意力，甚至呈现出"爆款"特征，但也不过是假象，像这样的创作永远不可能成为经典爆款，甚至会断送创作者的整个创作生涯。

6.1.2 影响基础知识的学习和理解

不少创作者为了吸引眼球，会打着所谓"紧跟时代"的名义，在儿童内容中加入很多新型网络词汇，如笔者在前文中提到的"依托答辩""耗子尾汁""奥利给""雨女无瓜""冲鸭"等，虽然有些网络词汇的确具有一定的趣味性，但绝大多数网络词汇都有很多不规范之处，如读音、字义和语言表达方式上，往往与该词汇原本的、正确的读法、写法和意义相差甚远，非常容易误导儿童群体。

比如"耗子尾汁"这一网络词，它本来应该是"好自为之"，对于成年人来说，这个网络词仅仅是一个梗，在真正需要规范使用该成语时，不论是口语表达，还是用于文字，都会使用正确的成语。但对于儿童群体来说，特别是学龄前儿童，正处于学习汉字词汇这些基础知识的阶段，换句话说，这一阶段的儿童正处于知识框架和认知体系的初步构建中，接触这些读音写法和释义使用不规范的网络词汇，很容易被误导，从而将错误信息纳入自己的知识体系当中。比如曾有小学生在作文中想要写"我好开心呀"时，写成"我好开心鸭"，经询问得知，他看的儿童视频里有很多类似"冲鸭""快乐鸭"等网络用语。

因此，建议创作者们在进行内容创作时，一定要充分考虑到该内容是为哪一阶段的儿童服务的，如果是正处于学习字词句等基础知识的幼年儿童和学龄前儿童，建议尽量不要加入与原读音、写法和含义完全不同的网络词汇和用语，以免误导儿童学会一些错误的"知识"。

> **链接：**
> 儿童群体的甄别能力不足，往往容易受到一些"毒教材"的精神侵害和行为误导，从而导致一系列心理问题，或学会一些不当言行，这对于儿童的影响是巨大的。作为儿童内容创作者，一定要时刻牢记自己的使命，要坚决远离"毒教材"，绝不能为了短期流量和经济效益而以一些不当内容作为噱头，吸引儿童的注意力和好奇心。只有用心打磨真正对儿童成长有利的内容，才可能在这条道路上走得长远。

6.2 顺应少儿内容创作与传播的新趋势

小米总裁雷军说:"站在风口上,猪都能飞。"强调的是"顺势而为"的重要性,事实上,这在任何时代、任何行业和领域都是同样有效的。顺应趋势,就如同船只在水面顺风而行,速度会更快,儿童内容创作也是如此,与新趋势同行,才更容易"吃"到时代的福利。因此,儿童内容创作者应充分了解当代少儿内容创作与传播的新趋势。

6.2.1 传播形式转换、故事情节优化和内容价值新要求

首先,传播形式转换,主要是指在新媒体时代下,儿童内容传播应完成"重点阵地"的转换。即从传统的纸质书,转换为有声书、视频和直播等更加网络化的传播方式。近年来,短视频对儿童注意力的"争夺"是非常明显的,比起捧起一本书来阅读,不少孩子更愿意费尽心思地向父母争取10分钟的"抖音时间",甚至有很多孩子会以考出好成绩作为交换条件,向父母要求奖励"玩手机的时间"。据了解,前几年儿童玩手机时注意力主要集中在一些游戏软件上,近年则转向了短视频。这种趋势意味着在信息的书写与传递都倾向于视频化的时代,儿童内容创作必然要发生相应的改变,不能局限于某一种形式,比如传统的图书出版。笔者认为,未来的儿童内容创作会是涵盖图像、声音、视频和文

字的"大内容制作"。

另外，互联网仍在高度发展的进程中，国家也对儿童内容创作给出了很多政策层面上的鼓励和支持，在未来一段时间里，儿童内容借助互联网和新媒体传播优势进入"大内容制作"的局面是必然的。因此，对于儿童内容创作者来说，一定要有与时俱进的意识，在把握好当下较为火爆的内容平台的同时，还要关注各种新兴平台，并且要抓住平台红利期，千万不要自己"埋头"瞎琢磨，把自己困在原地。即使一些经验丰富的儿童创作者，比如过去一直坚持出版纸质书的儿童文学作者，也要学会"抬头"看趋势，看爆款，看更利于内容呈现、传播、宣传和变现的平台、渠道和形式。笔者认为，顺应趋势总是不会错的。

故事情节优化，主要是指针对新时代儿童（以下简称"新儿童"）的发展特性，在语言表达上要有所改变。笔者多次提及，当代父母受教育程度普遍提高，社会整体经济也提高了，当代儿童在家庭教育和经济水平整体提高的情况下：一方面，在知识量度和认知范围上会比过去的孩子更广泛、更丰富；另一方面，当代儿童有更多增长见识和学习成长的机会，比如外出旅游、参加各种课外活动等。这就会导致一个情况——现在的儿童不好"骗"了！举个例子，过去长辈哄孩子："你这么晚出去，会被妖怪抓走的！"很多孩子听完会因为害怕而不敢出门，但现在的孩子会直接反驳："这个世界上根本没有妖怪。"

并不是现在的儿童比过去的儿童更聪明，而是随着人类社会的发展、家庭教育水平的提升、生活环境和所接触事物的变化等原因，当代儿童的认知能力、思考能力和判断能力等方面，相较于过去的儿童来说有明显提高,他们对于故事情节的趣味性、新颖性、逻辑性、完整性等都有更高的期待。因此,对于当代创作者来说,要想做好儿童内容,一定要充分了解当代儿童的普遍生活现状和他们的"真实需求",多与儿童群体接触,聆听他们的声音,站在他们的角度构思故事情节。

最后,内容价值新要求,指的是随着全社会对教育越来越重视,儿童内容对儿童教育的影响和意义愈发突出,其承担的责任和作用也越来越大,而家长和老师们在越来越认可儿童内容的重要性的同时,也对儿童内容的教育价值提出了更高的要求。他们认为儿童内容要能给孩子带来乐趣,让孩子看得下去,听得下去;同时,他们需要这些儿童内容输出足够的教育价值,例如帮助孩子培养良好的生活习惯,建立正确的三观,掌握更多的知识,学会更好地与父母、长辈、老师、同学和玩伴相处等,而不仅仅是作为娱乐性内容来为孩子服务。

对于创作者来说,最难的一点是把握好"儿童的天性"与"父母的期待"之间的度。在当代家庭中,一些父母早早地开启了"鸡娃模式",为的是让孩子赢在起跑线上,他们有时候会一味关心内容的"知识性",而忽略孩子的天性。比如凯叔就曾说过:把儿童教育产品卖给家长是非常容易的,只要宣传过硬、噱头够强,但这样的产品复购率很低,因为内容再专业、知识量再大,不符合儿童的天性,他们就不愿意听,那么家长后续也就不会再购买了。因此,对于儿童内容创作者来说,不要只想着"讨好"家长,内容是为儿童服务的,儿童在快乐中学习,才是培养学习兴趣、自主接受知识的关键所在。

目前，随着全社会对儿童成长和教育的关注度越来越高，"儿童心理"也成为大家所关注的话题，越来越多的专家和教师开始呼吁关注儿童心理健康。这就要求创作者们在创作过程中，要时刻考虑到儿童对内容的适应性，并且在充分尊重儿童接受习惯与成长规律的基础上去把握作品内容。正如著名教育家陶行知曾经提出的一段建议："中国从前有一个很不好的观点，就是看不起小孩子。把小孩子看成小大人，以为大人能做的事小孩子也能做，所以五六岁的孩子，就教他读《大学》《中庸》。我们主张生活即教育，要是儿童的生活才是儿童的教育，要从成人的残酷里把儿童解放出来。"当然，这段话放在今天来看，部分观点可能不那么合适，例如现在五六岁的孩子也可以读《大学》和《中庸》，只不过当代儿童有了更多的选择，比如可以选择一些经过创作改编后，适合这个年龄段的新内容形式，如改编的有声和视频版本等，"凯叔讲故事"推出的《凯叔国学启蒙》就是一个例子。

6.2.2 主旋律宣传与儿童化、艺术化表达要更加深入融洽

根据百度百科对主旋律的定义，主旋律是指一种特定的文艺创作形式，或者说是在一定时期内，政党确定的文化思想方针和艺术创作方向。主旋律内容通常与政治、经济、文化和社会发展密切相关，是一种强调宣传、教育和引导的文艺形式。主旋律在内容创作中有着重要的作用，如引导内容创作的大方向，确保内容创作符合文化政策和社会需求，有利于宣传政治制度和价值观

念,增强民族自豪感和文化认同感,有助于推动文艺创作的发展和进步,促进文化产业的繁荣与发展,以及促进文化教育和文化传承,提高人民的文化素质和思想境界。众所周知,我国对于主旋律内容一直秉持着引导、鼓励和支持的态度,包括对主旋律影视剧、主旋律图书、主旋律歌曲等内容创作的鼓励等。如《战狼》《红海行动》等影片,就是"根正苗红"的主旋律作品,《战狼》把中国人的自信和觉悟表现得淋漓尽致,《红海行动》将一个大国的担当摆在观众面前。这些主旋律影片得到了我们群众的追捧和认同,因为它们震撼了我们作为中华儿女的心灵,提升了我们身在华夏的民族自信,指引着我们新时代奋斗者前行的方向……而事实上,需要这些激励和指引的不仅仅是我们,还有儿童。

教育家陶行知,就曾提出"从为国家培养合格国民的政治高度开始重视儿童教育"。1919年,陶行知在《新教育》里强调:"现在所需要的,是一种新的国民教育,拿来引导他们,造就他们,使他们晓得怎样才能做成一个共和的国民,适合于现在的世界""新教育的目的就是要养成'自主''自立'和'自动'的共和国民",以及"无论哪里的小孩,要是有一个人不受教育,他就不能算为共和国民"。正如前文所提到的,跨越了这么多年,有些词汇和说法如今来看已经不太合适了,但不仅仅把儿童当作"小孩子"来对待,而是"以培养共和国民的政治高度来重视儿童教育",在今天仍旧十分重要。儿童是国家的未来,是时代的希望。笔者认为,儿童应当拥有快乐的童年,不需要也没有能力在儿童时期负担起一些民族责任,但对民族的热爱,对为国家未来奋斗的意识,对自身成长与时代发展之间的紧密联系,应当尽早地培养、建立和了解,比起长大之后受到的教育,启蒙教育有时候更容易产生深远的影响。

最后,对于顺应儿童内容发展新趋势,笔者再次借陶行知先生的一段话来总结,大意是说:要搞好儿童教育,就要特别注意到儿童的精神需求,儿童的身体和精神是两样的,各有各的生活。身体上的生活固然十分紧要,精神上的生活也是不可忽视的,假使两者要去其一,那就是最不幸的一件事。要让儿童的身体和精神呈现出很健全的、愉快的状态,才算是高尚的生活,反之就是低微的生活。笔者认为,随着社会整体素质和觉悟的提高,陶行知先生当年提出的"通过活的教育,来实现儿童的'六大解放'",放到今天来讲,更加具说服力和可行性,即承认儿童是活的,按照儿童的心理,根据儿童的现状来揣摩儿童的需要,从而顺导其能力,并按照时势来进行教育内容的创作,最重要的是本着这世界潮流的趋向,朝着最新、最活的方向前进。这段话对于当代儿童创作者来说,有着反复思考、咀嚼的价值。

6.2.3 对传统文化题材、科技题材、环保题材关注提高

"凯叔讲故事"的创始人王凯曾经说过:"每个做儿童内容的人,都有自己的使命,那就是帮助孩子们更好地成长。"也正是秉持着这样的理念,凯叔团队一直致力于打造既好玩又有"干货"的故事。比如《凯叔·西游记》,把故事讲得好玩、有趣,用千变万化的声音把师徒四人和妖魔鬼怪"活灵活现"地演绎出

来，但凯叔并没有将目的停留在好玩和有趣上面，从《凯叔·西游记》的第二部开始，凯叔就开始加入大量的诗词经典，让孩子在听书的过程中学习传统文化。这一点也得到了家长们的一致好评，不少家长表示孩子在听完《凯叔·西游记》第二部的过程中，掌握了不少诗词经典文化内容。而除了在其他题材的故事中加入传统文化，凯叔团队还专门打造了不少传统文化题材，如《每日小古文》，作为付费节目，其播放量达到了2亿，还有同样作为付费节目上线的《凯叔国学启蒙》，其播放量已达到9.4亿，以及《诗词来了》《每日历史典故》等付费节目都有不错的播放量。凯叔团队对国学经典的重视，以及这些付费节目的高播放量和用户数量，足以说明传统文化题材在儿童内容市场的影响力。近年来，政府层面也号召校园多开展传统文化活动，家庭多纳入传统文化教育，这些表明了儿童学习、了解和传承传统文化受到了重视。基于此，笔者认为，儿童内容创作者不妨顺应趋势，尝试这一方向。

此外，科技题材也成为一大流行趋势。科技题材不仅有利于培养儿童崇尚科学、献身科学的精神，还有助于培养孩子对科技领域的爱好和兴趣。山东广播电视台就曾联合山东省科学技术协会和山东省科技馆共同推出青少年科普教育电视栏目——《科普总动员》，这档节目于每周六下午在山东广播电视台电视少儿频道播出，栏目版块设定丰富，有"科技微访谈""科技情报速递""玩博士现场探秘"等版块。在每期节目中，主持人会带领小朋友们走进前沿科技项目研发基地、重大科技工程建设现场，同时对国家科技工程、科技项目等进行专业、权威的解读，让孩子们感受到我国科技的飞速发展，亲身体验到科技进步给人们的生活带来的巨大变化。该节目开播一年，在山东省4—14岁群体中的平均收视率为0.56%，同时段排名第三。无疑，这样的科技题材节目是受欢迎的，也是意义非凡的。随着科学技术的持续发展，人们的生活、学习、交通出行、电子产品应用等多方面会持续变化，而科技题材也将成为儿童内容领域中的"不老松"，继续担任着不可替代的角色，且随着科技不断发展，内容资源也会不断更新。

当然，作为新人创作者或创作团队来说，制作像《科普总动员》这样的儿童内容并不现实，但科技题材包罗万象，包括各个学科的知识科普，如天文、地理、化学、物理等，此外，科幻故事也属于科技题材的一种。对于新人创作者来说，只要故事和内容能在好玩、有趣和生动的基础上，输出正确的知识和价值观，传播科学精神和探索精神，激发儿童对科学技术的兴趣，致力于增强少年儿童的民族认同和民族自信，在儿童群体中种下一颗"科技梦"的种子，从而助推"中国梦"。笔者认为，这样的作品和内容就已经具备了"爆款"的特质。

与传统文化题材和科技题材一样重要性日益突出的，还有环保题材。众所周知，随着城市工业化发展，高科技为我们的生活方式、交通出行等诸多方面带来便利性和更好的体验的同时，大自然的生态环境却在承受着一切负面代价，灰蒙蒙的天空、浑浊的河水、污染严重的空气质量，这些都是"警钟"，在提醒人类树立保护生态环境的重要性。而应当知道"保护生态环境"重要性的，不仅仅是成年人，儿童也需要了解，甚至说，儿童更应该尽早接触和了解，因为人类的身心成长规律告诉我们，成人的很多性格特征、素质情操和处世观点等，与儿时建立的认知和培养的习惯有着密切的关系。因此，正确的认知和良好的习惯应该从小培养。而且，作为时代的接班人，作为将在这个地球上生存更久的下一代，他们有必要参与到"生态环境保护"的大军中。在这样的背景下，除了家庭环保教育和校园环保教育要跟上，作为同样承担着教育使命的儿童内容创作者，我们应当以可持续发展的教育观，为儿童创作出真正具有环保教育作用的内容：一方面，这彰显了创作者的时代责任感；另一方面，顺应时代发展的大趋势，通过环保题材故事教育儿童，成为"爆款"指日可待。

> **链接：**
> 在任何时代，不管拥有多大的本事和能耐，"逆风扬帆"都是愚蠢的行为，也将不可避免地迎来失败。趋势，永远是风向标，趋势是什么，就去做什么，如果非要和趋势"对着干"，下场只会是"白忙活一场"。笔者认为，当代儿童内容创作者在谋出路、找突破点前，应该先搞清楚新媒体环境下的内容创作与传播趋势是什么，然后顺应内容创作与传播的新趋势去发力，这样的发力才是有效的、精准的。

6.3 对创作者未来发展的要求

儿童内容创作一开始并没有如今这么多的文学表现形式和传

播渠道，但自儿童文学创作诞生起，它就自然而然地承担起了儿童教育的责任。一直到现在，儿童内容的好坏对儿童教育的影响都是深远且深刻的。随着儿童群体对儿童内容的依赖度提高，家庭对儿童内容的信任度提高，未来，这种影响只会更深。因此，对于儿童内容创作者来说，明白自己身上究竟承担着怎样的责任，以及应当如何更好地履行这种责任，真正为儿童的成长出一份力，才是长久发展的关键。

6.3.1 拒绝过度解读"儿童本位观"

新媒体的到来，加快了儿童内容商业的脚步，而随着儿童内容全面商业化的脚步越来越快，一些创作者逐渐迷失在经济利益与商业竞争中，比如通过暴力、色情等擦边内容吸引儿童，或以专家、学者等作为宣传噱头，引导家长为一些未经过用心打磨的付费产品买单，却从不考虑儿童究竟喜欢什么内容、适合什么内容……这些都是创作者在未来发展中需要警惕的。坚持儿童本位观，是对创作者的基本要求。

事实上，儿童本位理论在很早之前就已经提出，也得到了不少知名儿童文学创作者的验证，以及诸多业内专业、名人和大佬们的肯定和推崇。然而，在新媒体时代全面到来的今天，"儿童本位观"却有了被淡化的趋势，市场经济与消费文化正在深刻影响着儿童内容的创作，娱乐化、商业化作品开始大量涌现，导致儿童内容的品质创作和深度创作受到了前所未有的冲击。儿童文学作家孙卫卫就曾提出：儿童文学创作者一定要自觉远离"泛娱乐化"的创作环境和氛围。笔者认为，孙卫卫所说的这种远离，并不是身体上的远离，而是心灵和精神上的远离，否则长此以往，就容易陷入"泛娱乐化"的快餐式创作中。

孙卫卫本人一直坚持以"修辞立其诚"的创作姿态写作。他认为忽视儿童的写作是不可行的，即儿童内容创作应当坚持以儿童为本的创作态势，但同时他认为一味取悦儿童的创作倾向也应警惕。笔者认为这是值得很多创作者思考的"提醒"。当一些真正热爱儿童内容创作的人站出来强调"儿童内容创作应坚持儿童本位原则"，创作者们的确应当深刻反省自己是否做到了这一点，但绝不能过度解读，从而矫枉过正，把"儿童本位原则"所强调的"关注对儿童心灵和思维的理解与表达"当成取悦儿童，否则往往容易会让创作陷入困境。

6.3.2 提升儿童用户的感官体验

过去很长一段时间里，儿童文学创作以图书的形式面向儿童群体，儿童只能通过自己阅读或者听父母"讲故事"的方式来接收书本里的内容。但如今儿童内容创作形式如百花齐放，声音形式、视频形式、直播形式以及图、声、像结合的形式，可以给儿童用户提供更好的感官体验。这就需要创作者不怕麻烦，积极学习和钻研，充分利用好各平台、软件等提供的技术支持和创作功能，综合提升内容品质。

"凯叔讲故事"的创始人王凯曾在演讲中说道："凯叔讲故事"是什么好听？声音好听吗？是，也不是。故事的文本写得好吗？是，也不是。是因为故事的音乐、作曲或者选曲、音效和绘画足够打动人吗？是，也不是。但是把这些都加在一起，答案则是肯定的。因为这些都加在一起,就提升了儿童在"听故事"过程中的体验感,他们能够在这个过程中不断地感受到"美感""真实感"和"生动感",比如包括人物、动物等在内的角色的"真实感"、音乐的"美感",音效给情节和情绪带来的"生动感"和身临其境的感觉等,这些所谓的美感、真实感、生动感和身临其境的感觉综合在一起,就是笔者所说的"感官体验"。

放到儿童视频内容中来说,除了要有好的文本、声音和音乐,还要做好画面配色、角色形象、语言和动作表现等,这样才能进一步提升儿童用户的感官体验。未来,感官体验会成为用户判断儿童内容品质的重要标准。笔者认为,对于创作者来说,一定要在用户感官体验上多下功夫。

6.3.3　科学细分受众,打造优质内容

古话说,对症方能下药,也只有对症下药,效果才是最好的。做内容也是一样的道理,只有针对受众进行人物画像,根据不同受众当前所处的状态,了解他们的不同需求,做出针对性的内容,分类进行服务,才可能抓住更多的用户,并且让用户为他们所需要的内容买单。

以"凯叔讲故事"为例,笔者在前文中已经介绍过,"凯叔讲故事"是一个针对0—12岁儿童的内容平台,但事实上,0—12岁儿童并不是直接使用平台的用户,尤其是幼年儿童和学龄前儿童,他们本身还不具备使用平台的能力。因此,"凯叔讲故事"团队认为,要想做市场认可的内容,必须牢牢抓住站在儿童背后的"掌舵者们"。据统计,目前使用"凯叔讲故事"的主要用户

为80后和90后父母，其中占比最大的是年龄在28—38岁的妈妈群体。所以，在内容运营上，凯叔团队不仅会考虑孩子对内容的需求，还会考虑28—38岁已成为妈妈的女性用户的需求。因为凯叔团队清楚，平台最终产生收益的来源是这些女性用户。

在此基础上，"凯叔讲故事"平台精准细分用户群，根据年龄分级和栏目分类，靶向定位儿童需求的同时，也充分迎合了家长的心理和需求。从软件设置的"年龄分段"来看，"凯叔讲故事"分了四个年龄段，即0—2岁、3—5岁、6—9岁和10岁以上，可以满足不同年龄段儿童的内容需求。在不同年龄段的推荐内容页面，平台还进行了详细的栏目划分，笔者以"6—9岁年龄段"的推荐内容为例，栏目涉猎广泛，十分齐全，包括经典名著、中外历史、侦探推理、英雄故事、儿童文学、凯叔主讲、奇幻冒险、知识百科、传统文化、人物传记、神话传说、地理知识和最新上线，共计13个栏目。值得一提的是，部分栏目中的故事内容，由于属性标签不止一个，所以会有重叠的情况，例如《凯叔·三国演义》既出现在了"经典名著"栏目，也出现在了"中外历史"栏目。当然，这对于用户精准搜索并无影响，反而是比较有利的。

这种依据儿童的不同需求设置标签，进行科学、细致的分类和人性化、智能化的推荐，对于家长们来说是十分友好的。比如平台首页会根据儿童听故事的内容和习惯来设置智能推荐，让家长们更加省时省心地选择内容。此外，还依据性别设置了男孩、女孩选项，以便于平台更精准地推荐适合的内容。笔者认为，细分受众，打造针对性的优质内容，让不同阶段的儿童用户和家长能够快速搜索到需要的内容，是"凯叔讲故事"走向成功的关键因素之一。对于儿童内容创作者来说，这也是一种启发，在做儿童内容的时候，一定要做到细分受众。例如在抖音短视频平台做儿童内容账号，应当将适合不同年龄段的内容以"合集"的方式进行分类，给不同合集打上标签或主题，方便受众进行选择。如果需要花费大量时间进行搜索和查找，是很难留住用户的。

6.3.4　用儿童的视角制作出有生命力的作品

对于创作者来说，作品就像是自己"生"下来的孩子，而一个有生命力的"孩子"，不仅是创作者的希望，也是儿童群体的"最佳玩伴"。笔者始终认为，具有生命力的作品才能真正实现它们的陪伴意义，真正在儿童的成长和生命中起到正向、积极、有利的影响。

什么样的作品才算是有生命力的作品呢？首先，要有"童年生命感"，即语言真诚、文字真诚、故事有血有肉的作品。如今，包括成人作品和儿童作品在内的诸多文学作品中，出现了大量的华丽辞藻和深奥繁杂的用句，显然，创作者对文字和语言辛苦地进行了加工和"雕琢"，但这种"雕琢"很多时候并不适用于儿童作品。在文学创作领域中，有一个概念叫作"浅语"，顾名思义，即浅显简单的语言。笔者认为，当代儿童内容创作者应当对这种"浅语"艺术有所研究，并自觉追求。因为以简洁朴实的语言叙事，以真实、真诚的文字表达，是打造富有童年生命感的作品必不可少的一步，是给孩子讲好故事的关键；因为这样的语言才是儿童熟悉的语言，是具有真实性、互动性和生活感的语言，对于儿童来说，这样的故事才是"活的"、有生命力的。

除此之外，作品的生命力还在于故事要"有血有肉"，它不是创作者完全凭空想象的作品，即使是童话、神话、科幻等题材，也一定是基于真实生活的体验和感悟而来，或者说应当有落地于真实生活的地方。比如故事涉及的角色、情节和要体现的道理等，不能让儿童感到"一头雾水"，不管是发生在天上的、地下的、动物界的、植物界的，还是发生在未来的故事，都不应该毫无真实生活的痕迹，故事中的人物也好，发生的事情也好，儿童在真实世界中是可以找到"原型"的。

6.3.5 塑造高尚人格，深植根性精神

中国有句老话：先成人，再成才。健全、高尚的人格高于一切，在儿童内容创作中亦是如此。创作者在构思故事、打磨情节、融入知识、情感和思想的过程中，应当充分考虑到这些故事、情节、知识、情感和思想观念等，是否有利于儿童形成和发展健全的人格，或者说儿童用户能否将这些元素内化成自身的品格和素质，这是非常重要的。

随着全社会的生活节奏越来越快，快餐式文化"席卷而来"，儿童内容领域也出现了越来越多没有深度、没有能量的内容，尽管这些内容大多如"昙花一现"，但许多创作者仍旧乐此不疲，通过生产这些快餐式的内容寻求短期流量和效益。从未来发展的角度来看，这并不是明智的选择，身为儿童内容创作者，应当意识到帮助当代儿童形成健全高尚的品格，就是在为时代的未来、民族的希望、充满可能的下一代奠定品格根基，而真、善、美正

是构成高尚品格的重要因素。

此外，在创作中深植"根性精神"，也是创作者在未来发展中应当重点关注的。"根性精神"来源于儿童文学作家孙卫卫曾提到的一个创作概念——"根性"创作。在他看来，好的儿童作品应当以儒家文化精神作为"文化根脉"，以经典文学作为"精神根底"，这样才能创作出富有"根性精神"的作品。

简单来说，当代儿童内容创作者不能忽视传统文化对儿童教育的重要性，应当充分利用传统文化资源。对于儿童来说，这些经过了几千年沉淀和反复验证的传统文化和文化背后的根性精神，是历史留给他们的宝贵财富，是有利于培养民族精神、提升文化自信的财富，也是能够照亮儿童人性光亮地带、"唤醒"中华儿女骨子里乐观坚韧的生命意志、诚实朴素的精神品质和敢于担当的家国情怀的财富。而通往这些财富的大门，往往需要借助创作者们的手来打开。笔者认为，这或许正是时代赋予一代又一代儿童内容创作者们的伟大使命，也是创作者们深耕儿童内容领域的动力。

6.3.6 完成审美教育，增加空间体验

在儿童文学领域，有一种说法——"从根本上讲，儿童文学是为了满足儿童的审美需要而存在。"笔者十分赞同。不论是过去优秀的儿童文学作品，还是如今多形式的儿童内容作品，如果不能在树立正确的审美观念、提升审美趣味、丰富审美体验和培养审美能力等审美教育的各个方面上起到积极作用，基本上可以判定作品是失败的、无意义的。儿童时期培养的审美观和审美能

力,将会影响儿童的一生,包括成年之后对艺术、文化、事物等各方面的审美体验。另外,儿童对一切"美好"有着天然的感知力,儿童时期的审美体验和收获不仅能够滋润儿童当下的心灵,更有可能成为他们一生的"美好记忆"。

除此之外,增加空间体验也是新时代创作者应当重点关注的创作要领。从当前来看,新世纪的中国儿童,尤其是城市儿童群体,常年生活在被高楼大厦包围起来的环境当中,生活空间相对狭窄,生活体验较为单调,这也是很多城市儿童"回村后"觉得一切都很稀奇和惊喜的原因。同样的,对于常年生活在农村的儿童来说,他们也和城市儿童一样,因为与生俱来的探索欲和好奇欲,对外面的世界充满了向往,但生活空间的限制、现实条件的阻碍,如要上学,经济水平不允许,父母没有时间等,使他们无法经常走出熟悉的环境去看外面的世界。在这样的背景下,能够增加生活空间体验的儿童内容就显得尤为重要了,比如一些讲述各地风土人情的儿童内容、一些展示城市或农村生活的儿童内容、一些实地拍摄国内外自然景观、罕见事物的儿童内容等,都能为这些困于一隅的儿童提供一个扩大视野、增长见识、认识世界的窗口,让他们在文字、声音和视频中体验到与现实截然不同的生活。当生活空间的局限性得到了一定程度上的填补,不仅能够在线丰富这些儿童用户的成长阅历,让他们领悟到更多现实中没有的体会与情感,还可以慰藉和滋养他们的心灵。最重要的是,还能激发他们对未知世界的探索热情,帮助他们从小培养探索精神。

> **链接：**
>
> 聪明的儿童内容创作者，不会只考虑作品的一时流量，也不会将自己困在当下，而是会以长远的目光，从未来发展的角度去策划和打造自己的内容，包括单个作品和个人品牌，这样才能有良性、持久的发展。同时，还应该充分了解时代、社会、文化领域以及儿童内容市场对创作者未来发展的新要求，从而根据要求创作，打造出时代满意、社会认可、文化领域支持和鼓励，以及儿童内容市场欢迎的爆款作品。

新时代创作者的突破点

打动用户和市场，是作品达到理想效果的关键。对于当代儿童内容创作者来说，要想打动用户和市场，首先要学会"避雷"。搞清楚新时代不需要什么样的创作和创作者，什么样的创作没有可能成为爆款，什么样的创作者无法走得长远，自然就知道正确的方向在哪里。

6.4.1 现实题材+苦难教育

在前面的内容中，笔者多次提到，当代儿童的认知力和思维逻辑能力等，较过去的儿童有了明显提升，因此，对于儿童内容创作者来说，在进行内容创作时，要充分考虑到当代儿童的这一变化。例如，在创作一些旨在启发儿童智力、帮助儿童发展想象力的内容时，既要为儿童提供一个广阔的想象空间，让他们能够自由飞翔在想象的世界里，也要考虑适当融入现实话题。正如中国儿童艺术剧院院长尹晓东所说，童话好写，现实难写。美国也曾有业内人士指出：我们看过不少表现中国传统文化的儿童剧，但更希望看到反映中国孩子当下现实生活的作品，但中国目前这样的作品的确很少，不能不说是个缺憾。

  对于当代家长和儿童来说，由于儿童内容领域对儿童想象力的关注，可供选择的相应内容比较多。但随着时代的发展，聚焦儿童心灵成长历程成为趋势，让儿童群体尤其是让进入少年儿童阶段和青少年儿童阶段的儿童群体直面一些社会现实问题，从而得到心灵的启迪和精神滋养，是越来越多的家长和老师们乐于看到的现象。儿童作为身体上的弱势者，应当得到家庭、校园乃至于全社会的保护，但儿童的心灵往往反而需要一定的冲击，才能够更好地成长。"养在温室里的花朵更容易死亡"，因此，在儿童内容创作中，笔者一直主张适当地进行苦难教育，因为现实本身就离不开困难，苦难的故事往往能够触碰到孩子的内心。当然，现实题材下的故事结局应当具有正向的能量，传递和积极的教育意义，比如教会孩子如何正视生活中的挫折，在面对苦难时如何保持优雅、如何静下心来思考，找出解决问题的方法等，而不是一味地向儿童展示现实的痛苦、人性的不堪等，以免儿童对现实生活产生悲观态度，沉溺于负面消极的情绪，最终影响到心理健康。此外，现实题材不是生活的照搬，创作者应当进行艺术化处理。

  综上所述，新时代的创作者应该与时俱进，看到儿童内容领域中现实题材的"空缺",并且主动承担起填补空缺的使命,千万不要一味逃避现实题材,拒绝苦难教育,尽管现实题材及苦难教育在如何表现上有一定难度,需要创作者掌握好"火候",但笔者认为,挑战即机遇。

6.4.2 细节影响+自然渗透

笔者认为,不论在现实生活中,还是在儿童作品中,即使非常严肃地对儿童进行说教式教育,也很难达到理想的结果,很多时候反而会引起儿童的反感。在现实生活中,如果家长一味说教,会引起孩子的逆反心理,孩子不仅听不进去,有时候还会故意做出叛逆的行为。而儿童作品中出现这类说教式内容,儿童也会对作品产生抵触。例如一些儿童作品中经常出现"小朋友要如何做""小朋友不能如何做"等内容,这种以强势教育的态度输出的内容,即使没有让儿童用户感到抵触,也会因其机械性、刻板性而难以真正打动儿童用户。

对于儿童内容创作者来说,这样的创作方式无疑是一个亟须避开的"雷区"。创作者应当想到,在一些读者对象为成人的文学作品中,例如国内外的很多优质小说中故事的主题和故事想传达的思想观念等,往往在故事中从未被正面提及,但读者却能够通过许多细节之处,逐渐领悟到故事背后的意义,而这样的故事往往更容易获得读者的喜爱。众所周知,大多数读者对于一些心灵鸡汤类的故事不感兴趣,就是因为很多心灵鸡汤类故事会把道理直接写出来,然后告诉你应该如何去做。

与成年人一样,儿童也更容易记住一些细节。在儿童故事中，往往是一些细节处的言行，滋润着儿童的心灵，激发儿童在内心深处产生向善、向真的愿望。所以，当代儿童内容创作者应当通过对代际影响的思考，以新的教育观，即给予儿童思考和自我领悟的空间，拒绝强势说教，把更多的工夫花在细节的打磨上，通过细节上的表现，对儿童产生由浅至深的影响，包括语言细节、表情细节和行为细节等。好的儿童内容，对儿童的教育应当是全面、自然的一个渗透过程，应当力争达到"润物细无声"的效果，空洞无趣的说教只会引起反效果。

> **链接：**
>
> 沙场作战，要能守能攻，内容创作，亦应如此。任何文化领域的内容创作者，要想做出成绩，并且走得长远，都应当同时具备两种精神：一种是"守规"精神，一种是"突破"精神。儿童内容创作者也是如此。"守规"精神，是要创作者不触碰禁忌、不踩踏雷区、不抱着侥幸心理地采用一些能快速赚钱却不合规矩的手段，这样的创作者才可能走得稳，走得远；而"突破"精神，是要创作者敢于在合规合理的范围内，挑战新的主题、新的内容、新的形式，这样才可能脱颖而出。

后记

拥抱AI时代，培养优质少年

如果说，新媒体时代对我们的社交和生活方式产生了巨大的影响，那么AI时代的到来，将会彻底改变我们的社交、生活、工作和学习状态与方式。人与人之间的参差，往往就取决于目光的远近，有的人还在琢磨如何抓住新媒体时代的优势，有的人已经看到了新媒体时代被AI时代更替的必然性，并开始积极为AI时代的到来做充分准备。

近几年来，随着AI的发展与应用，人工智能对于大多数人来说早已不是陌生的概念，从智能机器人到ChatGPT、Midjourney、LeiaPix，AI时代已悄然到来，并且给各行各业带来了新的机遇和挑战，儿童内容创作领域亦是如此。对于儿童内容创作者而言，AI的高速发展意味着机会与威胁一并而来：一方面，AI生成内容的速度和效率远超人类，质量也不错，大有代替人类创作者的架势；另一方面，AI也给创作者们带来了新的视野和新的可能，创作者独特的创作特色和思维方式与AI强大的创作功能结合，更容易打造出"高效率+高质量"的好内容。通俗来说，强强联手，更容易打造出属于新时代的爆款内容。

早在进入新媒体时代后，内容创作领域就出现了各种各样的说法。有人说，新媒体时代，内容为王；也有人认为，新媒体时代，渠道为王。这是比较常见的两种说法，但最让笔者感到"惊喜"的一种说法是：新媒体时代，创作者为王。不论是创作内容、开拓渠道，还是打造IP，都是需要创作者去做的事情，创作者才是真正的"掌舵者"。

作为掌舵者，应当有掌舵者的自觉和远见。不论是新媒体时代，还是AI时代、元宇宙时代，创作者都应当充分认识到：持久深耕于儿童内容领域不是易事，更不是小事，儿童内容担负着"塑造未来民族性格"的重任。因此，每一个作品，都应当以儿童为本，以正确的价值输出为基本要求，自觉关注作品是否兼具了儿童性、文学性和感召力，是否具备了滋养儿童心灵、助推儿童成长的积极作用。尽管针对儿童内容对儿童社会化发展的影响很难开展实证性研究，无法通过具体的数据对其影响力进行分析和下定论，但从大量的社会学研究结果来看，象征性的"榜样行为"和现实中的"榜样行为"具有同等的影响力。这就意味着，儿童内容会影响儿童行为、习惯、三观和精神的说法是有可靠依据的。因此，儿童内容创作者应当不断进行自我提醒，对已创作的内容进行反思和完善，对尚未产出的内容严格把关。

另外，新媒体时代下，儿童内容创作者需要找到"平衡点"，儿童文学作品日渐声像化，给少年儿童带来的视觉冲击效果是多元的，当原本生涩枯燥的书面文字变成了一帧帧精美的图画和一部部有趣的动画，书中的世界开始变得更加简单、直接、视听兼具，无疑能使孩子们的阅读障碍大大减少。然而，从某种程度上来说，这也限制了儿童的想象力发展，因为在内容声像化的趋势下，孩子们还没有开始想象和发问之前，新媒介形式就已经给出了答案，这就有可能造成儿童感觉和思维能力的钝化。除此之外，当冗长的书本变成了短视频里五分钟的浓缩内容，这大大节省了孩子们了解一个作品的时间，但也让孩子们变得越来越无法安静下来阅读一本书。在这种情况下，儿童内容创作者需要认真思考如何能够在这两者之间找到平衡，既能保护孩子们的想象力和阅读学习的耐心，又能呈现给孩子们感官体验更完美的作品。

而在进入AI时代后，儿童内容创作者更需把握好"平衡点"。一方面，创作者不能过分依赖AI的内容生成，必须保持自身的思考能力，从现实生活、真实情感、亲身体验中去汲取创作灵感，保持自己的创作风格和特色，这样才能拥有长久的竞争力；另一方面，元宇宙虚拟空间更难管控，一定不能为了吸引儿童注意力、牟取利益，而在故事中加入"具有吸引力"的不当内容，如色情、暴力等内容。

如今，我们身处的互联网环境正从新媒体向AI过渡，当新媒体时代过去，AI时代全面到来，内容创作者如何生存？如何更好地发展？都是应当尽早考虑的问题。不论在什么时代，打造爆款都是创作者们的不变追求。

俗话说，不想当将军的士兵，绝不是好士兵。笔者认为，不想打造出爆款的创作者，也算不上真正的创作者。当然，笔者无意评价个人的想法和选择，但从现实角度来看，爆款作品意味着用户和市场的认可，而创作者只有朝着这个方向去要求自己，才能真的创作出儿童喜欢、家长满意、市场支持的好作品。打造出爆款，不仅意味着经济效益，还意味着能够得到更多的流量和机会，让自己的后续作品得到更多的曝光机会，在庞大的信息数据中脱颖而出，成为今日的爆款、明天的经典。

　　因此，笔者认为，每个创作者都应当积极拥抱AI时代，充分利用AI和元宇宙的优势，以打造爆款为目标，不断学习、反思与借鉴，进一步探索儿童内容创作在体裁、内容、艺术手法和情感融入等方面的优化和创新。正如麻省理工学院教授尼葛洛庞帝在他的专著《数字化生存》中所表达的观点——我们已经进入一个艺术表现方式更生动和更具参与性的新时代，我们有机会用截然不同的方式来传播和体验更丰富的感官信号。适应时代发展的儿童内容创作者们，要抓住这一次变革，努力创作出多种多样的儿童内容作品，让优秀的儿童内容以多种形式走近儿童，走进千家万户，成为一代又一代人的"童年回忆"。